Hans Bender

# Bruderherz

Erzählungen

Carl Hanser Verlag

ISBN 3-446-14391-2

Schutzumschlag: Klaus Detjen Hamburg
Satz: Janß Pfungstadt
Druck und Bindung: Mühlberger, Augsburg
Printed in Germany

Wir können uns immer nur um uns selber drehen, unser eigenes kleines enges Dasein betrachten, wo es zuweilen so dunkel ist.

*Jules Renard, Journal 1896*

# Abendrot, Morgenrot

Er hat kein Sitzfleisch, höre ich andere über meinen Vater sagen. Er hat einen schnellen Schritt und hält es nicht lange aus, im Zimmer und am Tisch zu sitzen. Wenn Familienfeste gefeiert werden – Taufen, Erstkommunionen, Hochzeiten –, und das Mittagessen von der Suppe bis zur Süßspeise sich hinzieht, steht mein Vater drei, vier Mal auf, um etwas zu erledigen, oder er fährt, ohne sich zu entschuldigen, einfach davon und kommt erst wieder zurück, wenn alle anderen aufbrechen.

Die Schweine, Kühe und Kälber kauft mein Vater selber ein. So hat er einen Grund, jeden Montag zum Viehmarkt nach Mannheim zu fahren und an den anderen Werktagen in die Dörfer im Kraichgauer Hügelland. Er macht Halt in Gasthäusern, doch nicht länger als eine halbe Stunde. Er trinkt zwei Gläser Wein und redet mit dem Wirt und der Wirtin, die ihn kennen. Unterwegs scheint mein Vater freier zu sein als zu Hause.

Mit dem Berner Wagen unternimmt er diese Fahrten. Ein schwarz-gelb-lackierter Wagen auf vier hohen Rädern. Vorne ein Kutschbock, hinten ein Kasten, wo zwei Sitzbänke entlang der Längsseiten stehen. Sie lassen sich herausnehmen, dafür ein Käfig aus Holzlatten einsetzen, in dem mindestens drei Schweine, eng zusammengepreßt, Platz haben. An der Deichsel sind zwei Pferde vorgespannt; kastanienbraune, junge Pferde, die Lotte und Liese heißen, und sich wohlfühlen, wenn sie, den leichten Wagen hinter sich, davon traben dürfen, wohin mein Vater sie lenkt.

Manchmal nimmt mein Vater mich mit auf diese Fahrten nach Mannheim und in die Dörfer im Kraichgauer Hügelland. Ich bleibe, wenn er in die Ställe geht, auf dem Kutschbock sitzen und halte die Zügel fest. Es kommt vor, daß sie, mein Vater und der Bauer, sich streiten um den Preis. Sie schreien, fluchen, und ich schäme mich, wenn mein Vater laut wird. Wenn der Kauf nicht zustande kommt, schimpft er noch eine Weile vor sich hin. Halsabschneider, Gauner nennt er die Bauern. Sogar die Pferde kriegen seinen Ärger zu spüren. Er läßt über ihre Kruppen die Peitsche knallen. Sie bäumen sich auf vor Schreck und lassen sich schwer nur wieder beruhigen.

Schluß mit der Viecherei, sagt mein Vater an

einem Tag Ende März, als wir im Kraichgauer Hügelland hinter Steinsfurt unterwegs sind. Heute besuchen wir einen Kriegskameraden. Er wohnt nicht weit von hier. Er wird sich freuen, der Kilian. Wir waren zusammen bei der Kavallerie. Die Märztage sind schön im Kraichgauer Hügelland. Ende Februar schon ist der Schnee geschmolzen. Felder, in denen die Herbstsaat aufgegangen ist, wechseln mit frisch gepflügten Feldern. Als grüne und braune Bänder ziehen sie nebeneinander die Hügel hinauf und hinab. Die Wälder stehen noch kahl, aber an den Rainen, unter dürren Gräsern, sind die hellgrünen Blätternester vom Sauerklee und Löwenzahn zu sehen. Immer kreist ein Milan am Himmel. Mit ausgespannten Flügeln läßt er vom Wind sich treiben, bleibt stehen, fällt, wenn er eine Maus erspäht, zur Erde wie ein Stein. Ich trage meinen Wintermantel mit Fischgrätenmuster und eine marineblaue Wollmütze. Die Sonne wärmt die Hände und das Gesicht.

Der Vater findet den Weg in das Dorf, wo sein Kriegskamerad wohnt. Seine Frau steht in der offenen Tür, reibt sich die Hände an der Schürze trocken und sagt: Schade, der Kilian ist aufs Feld in aller Herrgottsfrüh. Macht nichts, sagt mein Vater, wir besuchen ihn auf dem Feld. Mein Vater fährt den Weg nach, den die Frau beschrieben hat, biegt von der Landstraße in den Feldweg ein. Der Wagen holpert. Hinter dem nächsten Hügel sehen wir einen Bauern. Er geht hinter dem Pflug her, den zwei weiß-braune Kühe ziehen. Tauben und Krähen umflattern die Furchen, weil sie nach Würmern suchen. Das ist der Kilian, sagt mein Vater. Er übergibt mir die Zügel, steigt ab und geht am Rande des Ackers auf den Bauern zu, der jetzt stehenbleibt und zu meinem Vater schaut. Sie reichen sich die Hände, und mein Vater klopft dem Kriegskameraden auf die Schulter. Sie sprechen miteinander. Dann kommt mein Vater zurück und sagt: Der Kilian macht Schluß für heute. Wir bleiben, zum Mittagessen.

Später sitzen wir im Haus des Kriegskameraden. Die Decke der Stube ist niedrig. Ich sehe eine Wanduhr, ein Vertiko und ein Bild im vergoldeten Rahmen: der Heilige Josef als Zimmermann. Er hat das Jesuskind auf seine Werkbank gestellt. Auf dem Zifferblatt der Standuhr rückt der Minutenzeiger auf Zwölf, deckt den Stundenzeiger zu, und das Uhrwerk fängt an zu schlagen. Der Kriegskamerad hat sich an das Tischende gesetzt. Er sieht älter aus als mein Vater, weil ein Bart sein Gesicht umrahmt. Die Ärmel seines gestreiften Hemdes hat er bis zu den Ellbogen aufgekrempelt. Eine bucklige Narbe überzieht den linken Unterarm. Die Frau des Kriegskameraden kommt mit drei Mädchen herein. Das kleinste trägt sie auf dem Arm, die zwei anderen drücken sich an ihre Hüften, als hätten sie Angst, weil Besuch gekommen ist. Das ist die Anna, das ist die Therese, sagt die Frau und zeigt auf die Mädchen. Und das ist die Lucia, unsere verwöhnte, und sie drückt das Mädchen, das sie auf dem Arm hält, enger an sich. Schöne Namen, sagt mein Vater. Die Mädchen setzen sich auf die Bank vor den Fenstern und nehmen die kleine Lucia in die Mitte.

Mein Vater und ich setzen uns gegenüber auf die Stühle. Mein Vater sagt: Ich habe drei Buben und ein Mädchen. Den jüngsten und bravsten habe ich mitgebracht. Einen Bub hätten wir auch gern, sagt der Kriegskamerad. Ein Bub, der mithelfen kann auf dem Acker und im Stall. Aber es ist noch nicht aller Tage Abend. Mein Vater lacht und sieht seine Frau an, die eben aus der Küche kommt und eine Platte vor den Teller meines Vaters hinstellt. Blut- und Leberwürste liegen darauf. Dann bringt sie zwei Schüsseln, eine voll Sauerkraut und eine voll geschmelztem Kartoffelbrei. Greifen Sie zu, sagt sie. Der

Kriegskamerad sagt: Im November haben wir zwei Sauen geschlachtet. Von allem anderen haben wir genug. Es schmeckt, es schmeckt großartig, sagt mein Vater. Besser als daheim. Weingläser stehen vor den Tellern meines Vaters und des Kriegskameraden. Römerkelche. Seine Frau hat sie aus dem Vertiko geholt und mit Schillerwein vollgeschenkt. Prost, sagt der Kriegskamerad. Prost, sagt mein Vater. Sie stoßen mit den Gläsern an.

Wir essen, und mein Vater und der Kriegskamerad erzählen, was sie zusammen erlebt haben. Sie sagen: Schwadron ... Regiment ... Division. In Schneidemühl, sagt mein Vater. Bei Tannenberg ... in Weiß-Rußland ... vor Minsk. Der Kriegskamerad erzählt eine lange Geschichte: der Leutnant, ein Pfundskerl ... und der Unteroffizier Schmidt ... der, wenn ich dem wieder begegne. Sie sagen Wörter, die ich nicht verstehe: Rapport ... Reserve ... Etappe ... Biwak. Ich habe aufgehört zu essen. Die kleine Lucia stochert in ihrem Griesbrei. Sie hat noch mehr als die Hälfte im Teller und steckt den Löffel in den Mund. Sie schaut mich an. Ich schneide Grimassen, blase die Backen auf, verdrehe die Augen, als könnte ich meine Nasenspitze sehen. Lucia stößt ihre Schwestern rechts und links an, und auch sie sehen her und bestaunen mich.

Der Kriegskamerad erzählt, wie er verwundet wurde. Die Russen fetzten herüber mit Granaten. Peng! Aber man spürt nichts vor Schreck. Es tut erst weh, wenn das Blut aus der Wunde sprudelt. Du hast Glück gehabt, sagt mein Vater. Wir alle, die heimgekommen sind, haben Glück gehabt. Mehr Glück als Verstand. Der Kriegskamerad sagt: In Königsberg hat es mir gefallen. Da konnte ich spazieren gehn, mit bandagiertem Arm. Eine schöne Stadt. Ich war kein Held, sagt mein Vater. Wollte nie einer sein. Die Helden haben ein Denkmal, neben der Kirche. Für Kaiser und Reich. Pfeif drauf.

Anna, das größte der Mädchen, gähnt, ohne die Hand vor den Mund zu halten. Die Frau des Kriegskameraden beginnt die Schüsseln, die Teller und Bestecke in die Küche zu tragen. Der Kriegskamerad holt aus der Schublade des Vertikos eine Zigarrenkiste, schlägt den Deckel auf und hält sie meinem Vater hin: Sumatra, sagt er. Die hebe ich auf für besondere Gelegenheiten. Heute ist eine besondere Gelegenheit. Und ob! Mein Vater und der Kriegskamerad zünden sich die Zigarren an. Die Mädchen stehen auf. Die kleine Lucia tappt um den Tisch herum und bleibt vor mir stehen. Ich hebe sie hoch, setze sie auf meinen Schoß und drücke sie an mich, was sie gern hat. Ihre Mutter sieht es, als sie hereinkommt, und ruft: Guck mal, die Kleine poussiert schon mit den Buben! Die wird recht. Mein Vater und der Kriegskamerad hören auf zu erzählen, schauen her und lachen.

Ich gehe mit den Mädchen in den Hof. Womit sollen wir spielen? Sie haben weder Tanzknöpfe noch Reifen. Anna bringt einen Ball. Sie und Therese werfen ihn abwechselnd an die Mauer der Scheune und sagen dabei Abzählverse, die ich nicht kenne. Sie wollen mir zeigen, wie geschickt sie sind. Anna klatscht, wenn der Ball hin und her fliegt, dreimal in die Hände und kann ihn trotzdem auffangen. Therese wirft den Ball durch die Kniekehle und stößt ihn mit dem Ellbogen, der Schulter oder dem Kopf zurück, und immer schneller. Ich hebe die kleine Lucia auf die Schulter und trabe mit ihr, als sei ich ein Pferdchen, um den Misthaufen herum. Ihre Mutter nimmt sie mir weg. Sie wird sich erkälten, erhitzt wie sie ist. Lucia schreit und weint.

Es ist langweilig. Mein Vater kommt noch immer nicht heraus. Ich gehe in die Stube. Er und sein Kriegskamerad erzählen noch immer, aber ich will nicht verstehen, was sie erzählen. Noch nicht ein Mal ist er aufgestanden. Ich gehe in den Hof zurück. Anna und Therese sind nicht mehr da. Im Stall stehen Lotte und Liese neben den Kühen. Sie rupfen Heu aus der Krippe und drehen die Köpfe her, als warteten auch sie auf die Abfahrt. Ich gehe die Dorfstraße entlang, aber nach drei Häusern ist das Dorf schon zu Ende. Ich gehe wieder in die Stube und bleibe hinter dem Stuhl meines Vaters stehen. Der Rauch der Zigarren durchschwelt die Stube und beißt mir in die Augen. Ich zerre meinen Vater an der Jacke. Sei nicht so ungeduldig, sagt er. Bald, bald fahren wir.

Wir fahren erst am Nachmittag. Mein Vater ist müde. Er hat mehr Wein getrunken als sonst. Sein Kopf nickt nach vorn. Er läßt den Pferden ihren Schritt. Im Kraichgauer Hügelland kennen sie die Straßen und Wege. Wieder kommen wir nach Steinsfurt. Ich sehe die Ritterburg und den hohen Turm. Die Sonne geht unter, aber nicht als roter Ball wie an anderen Tagen. Eine Wand aus Dunst und Schäfchenwolken hat vor ihr sich aufgebaut, die rot und röter sich färbt, als brenne weit hinten, wo das Kraichgauer Hügelland in die Rheinebene übergeht, ein riesiges Feuer. Ich sage, was ich schon oft gehört habe: Abendrot, trocken Brot. Ein Bauernspruch. Er bedeutet: Morgen wird es nicht regnen. Die Sonne wird scheinen. Weißt du auch den Bauernspruch vom Morgenrot? fragt mein Vater. Ich sage ihn auf: Morgenrot, nasses Brot. Das bedeutet, es wird regnen, und die Bauern sind froh, wenn es regnet. Mein Vater sagt vor sich hin: Morgenrot, leuchtest mir zum frühen Tod? Bald wird die Trompete blasen, dann muß ich mein Leben lassen, ich und mancher Kamerad. Noch nie habe ich meinen Vater etwas so Feierliches sagen gehört. Er sagt: Im Krieg haben wir es gesungen, das Reiterlied, wenn wir im Biwak lagen. Die Regimentskapelle hat es gespielt; und wenn ein Soldat begraben wurde, hat es ein Trompeter geblasen. Dann schweigt mein Vater wieder, als denke er zurück an das, was er und sein Kriegskamerad erlebt haben. Nach einer Weile sagt mein Vater: Du sollst keinen Krieg erleben, wenn du groß bist. So wie der Kilian und ich. Nein, das will ich nicht. Es wird kälter. Es wird dunkel. Ich stecke meine Hände in die Manteltaschen.

Noch einmal hält mein Vater an. Nicht um einzukehren in einem Gasthaus. Er zündet die Karbidlaternen, die rechts und links vom Kutschbock in Haltern aus Messing stecken, an. Kein Fuhrwerk kommt uns entgegen. Auf den

Höfen bellen, wenn wir vorüberfahren, die Hunde, aber sie sind schon angekettet vor ihren Hütten. Die Dörfer liegen still. Die Bauern haben ihre Arbeit verrichtet auf den Feldern und in den Ställen. Lampen brennen hinter den Fenstern, und vom hohen Kutschbock kann man hineinschauen in die Küchen, wo die Familien um einen Tisch sitzen beim Abendbrot. Wir fahren Eichtersheim zu. Nach dem Dorf zieht die Straße neben dem Angelbach her. Nach Nebel riecht es. Die Pferde traben schneller, ohne daß mein Vater sie anfeuert. Sie wollen in ihren Stall, sagt er. Und wir zwei auch.

# Bruderherz

Es war Sommer, und meine Brüder, die schon Motorräder hatten, Marke »Ariel«, kamen am Sonntagnachmittag vom Schwimmbad zurück. Auf den Soziussitzen brachten sie ihre Freunde mit, und nun waren sie im Zimmer verschwunden, um auszuruhen, vielleicht auch, was sie so gern taten, Skat zu spielen.

Mein Zimmer lag am anderen Ende des Flurs. Die Fenster zum Garten standen offen. Ein Luftzug wehte herein, als wollte er ein Gewitter ankünden, und Regen, den alle wünschten, nach einem so heißen Tag.

Auf dem Tisch lag das Buch, in dem ich las, aufgeschlagen: Es war das angenehmste Jahr von allen, die ich an diesem Ort verbrachte. Freitag konnte schon bald recht gut sprechen, er kannte die Namen von allen Dingen, die ich brachte, und von jedem Ort, an den ich ihn senden konnte. Er schwatzte auch viel mit mir, so daß ich, kurz gesagt, nun wieder etwas Verwendung hatte für meine Zunge, die beinahe rostig geworden war.

Karl rief meinen Namen, langgezogen.

Nein, ich ging nicht gern in das Zimmer meiner Brüder. Es war unaufgeräumt. Schuhe, Hosen, Socken lagen, wie sie sie ausgezogen hatten, auf dem Boden umher. Es roch nach Schweiß und Zigarettenrauch. Immer wollten sie, daß ich ihnen etwas besorge, als wäre ich ihr Diener.

Nun nicht mehr so aufmerksam wie vorher, las ich weiter: Neben dem Vergnügen, mit ihm zu reden, hatte ich meine Freude an dem Burschen selber. Seine unverstellte Aufrichtigkeit offenbarte sich mir von Tag zu Tag deutlicher, und ich hatte ihn richtig lieb, und auch ihm, glaubte ich, war ich lieber als jemals ein anderes Geschöpf in seinem Leben.

Auf der Buchseite gegenüber war ein Bild zu sehen: Robinson schoß mit der Flinte nach einem Vogel, der eben vor dem Himmel vorbeiflog. Freitag war vor Schreck in die Knie gefallen und hielt sich mit seinen großen, schwarzen Händen die Ohren zu.

Karl, ja, es war Karl, rief wieder meinen Namen, und nun schon mit gereizter Stimme.

Das Grammophon spielte in ihrem Zimmer, wahrscheinlich einen Foxtrott. Karl saß auf dem Fensterbrett und rauchte eine Zigarette. Vor ihm, auf einem Hocker, saß Alex. Mit Niveacreme rieb er sich die Schulterblätter ein. Dunkelbraun war seine Haut, und auf der Brust kräuselte sich ein Bündel Haare.

Theo und sein Freund Kurt lagen auf dem Bett. Sie hatten die Sporthosen vom DJK übergezogen, die blauen, mit gelben Streifen an der Seite. Sie beachteten mich nicht, hatten die Augen geschlossen und zappelten mit den Beinen, den Rhythmus des Foxtrott nachzuahmen.

»Hol uns Bier!« sagte Karl. »Vier Flaschen! Und laß dich nicht erwischen vom Alten!«

Wenn andere dabei waren, sagten Karl und Theo der »Alte«, wenn sie meinen Vater meinten – vor dem sie sonst so viel Respekt hatten.

In der Gaststube unten waren, wie jeden Sonntagnachmittag, alle Tische besetzt. Junge Männer, die Karten spielten, ältere Männer und Frauen, die sich unterhielten, Wein oder Bier tranken und Beefsteaks aßen. Die Serviermädchen eilten von Tisch zu Tisch, die Bestellungen aufzunehmen, die Teller und Bestecke hinzubringen oder abzuräumen. Mein Vater zerklopfte mit dem Hammer über dem Schwenkkessel eine Eisstange, um die Brocken in den Bierturm zu füllen.

Er sah nicht her, als ich die Tür zum Buffetschrank öffnete, vier Bierflaschen herausnahm und sie, an die Hüfte gepreßt, davontrug.

Als ich im Zimmer meiner Brüder die Flaschen auf den Tisch stellte, sagte Alex: »Dein kleiner Bruder ist ein richtiger Kamerad.«

»– mein Bruderherz«, sagte Karl.

Einmal, im Juni, als ich ihnen Bier, Wurst und Stollenbrot in den Grasgarten gebracht hatte, wo sie unter den Bäumen Tische und Bänke für das Radfahrerfest aufgeschlagen hatten, hörte ich, als ich wegging, wie Karl zu den anderen sagte: »Richtig gern habe ich meinen kleinen Bruder, und wenn ich nachts nach Hause komme, gehe ich in sein Zimmer und gebe ihm einen Kuß, ohne daß er es merkt.«

Karl hatte es ganz ernst gesagt, aber die anderen lachten, als hätte er einen schmutzigen Witz erzählt.

Drei, vier Stunden schlief ich schon, wenn meine Brüder, manchmal allein, manchmal zusammen, nach Hause kamen. Meine Eltern hatten keine Zeit, aufzupassen, wohin sie gingen, und wann sie zurückkamen. »Hauptsache, sie machen ihre Arbeit«, sagte mein Vater.

Jeden Freitag und Samstag fuhren sie auf ihren Motorrädern in die Stadt. Sie besuchten Lichtspielhäuser und Konzertcafés, wo die Liebespaare tanzten, auf einer Glasplatte, die von unten rot angeleuchtet war. Und wo sie Mädchen kennenlernten.

»Du trinkst bestimmt lieber Limonade als das bittere Bier«, sagte Alex, als wollte er sich bei mir anschmeicheln. Er hatte gleich die Flasche angesetzt und in einem Zug halb leergetrunken.

Ich gab keine Antwort.

Meinen Vater ärgerte es, daß Karl jetzt diesen Alex zum Freund hatte. Jeden Nachmittag kam er ins Schlachthaus und stand, ohne etwas anzufassen, herum; immer in der Nähe von Karl, auf den er einredete. »Ein Tagedieb«, sagte mein Vater. »Kein Beruf, kein Geld – und die Hände in den Hosentaschen, bis zu den Ellbogen.« Er wird, meinte mein Vater, Karl nur Flausen in den Kopf setzen.

Alex war, als er aus der Schule entlassen worden war, durchgebrannt und ein Jahr lang fortgeblieben. Er sei, erzählte man im Dorf, bis Algerien gekommen; habe sich zur Fremdenlegion gemeldet, doch die Franzosen hätten ihn, weil er das achtzehnte Lebensjahr noch nicht erreicht hatte, wieder freigeben müssen.

Ohne etwas gelernt zu haben, trieb Alex sich herum. Seine Mutter arbeitete in der Zigarrenfabrik Landfried, und wahrscheinlich gab sie ihm Taschengeld. Viel konnte es nicht sein.

Immer trug er die selben Kleider: eine dunkelblaue Hose und ein braunes, verwaschenes Soldatenhemd mit Schulterstücken und aufgesetzten Brusttaschen.

Einmal habe ich es durchgehalten, nicht einzuschlafen, bis Karl nach Mitternacht zurückkam. Ich wollte wissen, ob er im Grasgarten die Wahrheit gesagt hatte.

Ich stellte die Nachttischlampe auf den Stuhl und las mehr als zwanzig Seiten in einem Band »Über Land und Meer«, den ich in der Borromäus-Bibliothek ausgeliehen hatte. Ich hörte unten auf der Straße die Leute sprechen, wenn sie in die Gaststube gingen oder herauskamen. Autos fuhren vorbei, und ihre Lichtkegel tasteten über die Tapete und das Bild an der Wand gegenüber.

»Angelus« hieß das Bild. Meine Mutter hatte es, als sie noch ein Mädchen war, auf dem Östringer Markt an einem Stand gekauft. Eine runde Glasscheibe mit Goldrand, in die das rechteckige Bild eingesetzt war. Ein Bauer und eine Bäuerin waren auf dem Kartoffelacker zu sehen. Sie hatten die Körbe, die Säcke, die Hacke, die Schubkarre hinter sich stehen lassen, neigten die Köpfe, falteten die Hände, weil sie eben aus der Ferne den Angelus läuten hörten.

Es ist, sagte meine Mutter, als hörte man selber, wenn man das Bild betrachtete, den Angelus läuten.

Nach Mitternacht wurde es stiller auf der Straße. Ein junger Mann fuhr auf dem Fahrrad vorbei und sang ein Lied, das ein Tenor beim Bunten Abend des Gesangvereins »Liedertafel« als Solo vorgetragen hatte:

Es steht ein Soldat am Wolgastrand –
hält Wache für sein Vaterland.

Einige Zeit später hörte ich Karls Motorrad aus der Ferne. Bevor er in den Hof einfuhr, stellte er, wie immer, den Motor ab, damit man im Haus nicht hörte, wie spät er heimkam.

Leise stieg er die Treppe hoch, und es ärgerte ihn sicher, daß die Dielen im Flur knarrten, auch wenn man vorsichtig auftrat.

In dieser Nacht ging er gleich in sein Zimmer.

Am Deckenbalken unseres Pferdestalls hatten, so lang ich mich erinnern kann, Schwalben ihre Nester gebaut. Drei Nester, eng nebeneinander. Die Schwalben verbrachten den Frühling und den Sommer bei uns. Wir sahen, wie sie ihre Jungen fütterten und, wenn sie größer waren, sie im Flug übten. Bevor die Sonne unterging, flogen sie, die alten und die jungen Schwalben, in Kurven über den Hof; so tief, als wollten sie uns verlocken, mit den Händen nach ihnen zu greifen.

Auch die Schwalben schienen sich zu freuen, wenn die Woche zu Ende ging. Am Samstagnachmittag, wenn die Straße vor dem Haus und der Hof gekehrt waren, beobachtete man sie mehr als sonst.

Meine Brüder und der Geselle verschwanden, wenn sie das Schlachthaus saubergemacht hatten, in der Waschküche, wo sie sich gegenseitig mit eiskaltem Wasser abspritzten und dabei kreischten und lachten. Hinterher gingen sie auf ihre Zimmer, um sich frisch anzuziehen für den Feierabend.

Karl blieb daheim. Er trug ein weißes Hemd, eine gebügelte dunkelblaue Hose und hellgelbe Schuhe mit spitzen Kappen, die man »Shimmy-Schuhe« nannte.

Er kam über den Hof und sagte in seiner Art: »Ich muß mit dir sprechen, Bruderherz.«

Nebeneinander setzten wir uns auf die Gartenmauer.

»Nun kann der Sonntag kommen –«

Er holte eine Schachtel Batschari-Zigaretten aus der Hemdtasche. Auch mir hielt er sie her, obwohl er wußte, daß ich noch nicht rauche.

»Ich genehmige mir eine«, sagte er und riß das Streichholz an der Schuhsohle an, weil er wollte, daß ich ihn bewundere. Mehr zu sich als zu mir sagte er: »Mir gefällt es nicht mehr daheim. Nichts los ist hier – nichts. Wenn du ein paar Jahre älter bist, wirst du es selber merken.«

»Ich gehe später aufs Gymnasium«, sagte ich und wiederholte nur, was Herr Eder, der Gewerbelehrer, der zum Mittagstisch kam, schon einige Male zu meiner Mutter gesagt hatte.

»Nein, zum Metzger bist du nicht geboren«, sagte Karl. »Du mußt studieren, mußt es weiterbringen als Theo und ich. Bücher mußt du lesen, über die Völker und ihre Geschichte, Sprachen lernen, Englisch, Französisch, vor allem Französisch –.«

Stumper, unser Rottweilerhund, kam von seiner Hütte her und wedelte, als er uns erkannte, seinen koupierten Schwanz. Er setzte sich vor Karl auf die Erde und legte ihm die Schnauze auf das Knie.

»Ja, du bist lieb und treu«, sagte Karl zu Stumper hinab. Er faßte ihn, was er gern hatte, ins Halsband und schüttelte daran seinen Kopf hin und her.

»Die Welt will ich sehen!«

Mein Vater hatte recht: Alex hatte ihm Flausen in den Kopf gesetzt.

Karl redete weiter: »Nächste Woche hauen wir ab, nach Frankreich und von da über das Mittelmeer –«

Alex würde Karl mitziehen in die Fremdenlegion. Ich wußte nicht viel über die Fremdenlegion, nur, daß sie in Afrika kämpfte und daß es dort abenteuerlich und gefährlich war.

»Keiner darf es wissen. Nur du, weil ich weiß, du wirst niemand etwas verraten.«

Nein, das wollte ich nicht.

»Nicht mal Theo habe ich etwas davon gesagt. Er bleibt sowieso lieber hier, und es ist gut, wenn er die Gesellenprüfung macht und sich dann im Hotel zum ›Schwarzen Schiff‹ in Heidelberg als Koch ausbilden läßt.«

Jetzt sah mich Karl zum ersten Mal richtig an mit seinen hellen Augen. Er fragte und genierte sich etwas dabei: »Du hast doch, soviel ich weiß, ein Sparbuch?«

»Ja –«

Ja, ich hatte ein Sparbuch. Zu jedem Geburtstag gaben mein Vater, meine Mutter und manchmal mein Onkel Friedrich mir Geld, um es auf der Volksbank für das Angelbachtal einzuzahlen. Am Ende des Jahres wurde der Zins gutgeschrieben. Mein Vater sagte jedes Mal, wenn er mir das Geburtstagsgeld gab: wenn ich volljährig werde, hätte ich ein Vermögen beisammen – und ich dürfe damit machen, was ich wollte.

»Wieviel stehen drauf?« fragte Karl.

»Ungefähr zweihundert Mark.«

»Du bist reich«, sagte er, »reicher als ich – und Schulden hast du bestimmt auch keine.«

»Am Ende des Jahres wird der Zins gutgeschrieben, und dann sind es bald zweihundertfünfzig«, sagte ich, als könnte ich Karl dazu bewegen, bis dorthin zu warten.

»Gib mir das Geld – nein, leih es mir«, sagte Karl. »Ich geb es dir zurück, mit Zins und Zinseszinsen. Eines Tages komme ich wieder –«

Stumper sprang auf und bellte, weil der Schuster Rachel, der jeden Nachmittag zum Stammtisch kam, nahe an uns vorbeiging.

»Brav, brav«, beruhigte Karl den Hund und tätschelte ihn gegen die Brust.

»Ich geb dir mein Geld«, sagte ich leise.

Herr Wormer, der Bankdirektor, der sonst hinten in seinem Büro sich aufhielt, stand neben dem Kassenschalter. Wie immer trug er einen Pfeffer-und-Salz-Anzug, mit einer engen Weste, vor der von Tasche zu Tasche eine silberne Uhrkette hing.

So freundlich Herr Wormer eigentlich war,

man hatte immer ein wenig Angst vor ihm. Er gab mir die Hand und sagte so laut, daß das Fräulein mit dem ondulierten Bubikopf am Kassenschalter es hörte: »Du bringst uns Geld, fürs Sparbuch?«

Schüchtern sagte ich: »Ich will Geld abheben –«

»Wieviel?«

»Alles Geld –«

Als sei er jetzt verstimmt, fragte Herr Wormer: »Und dein Herr Papa ist einverstanden?«

Auf meinen Vater wollte ich mich nicht berufen. Herr Wormer kannte ihn, obgleich er nicht zum Stammtisch kam wie der Herr Bürgermeister und der Herr Ratschreiber. Er konnte meinen Vater anrufen und fragen, ob er einverstanden war.

Herr Wormer nahm mir das Sparbuch aus der Hand, schlug es auf und las die Summe unter dem Strich. »Und was willst du anfangen mit dem vielen Geld?«

»– ein Fahrrad kaufen«, sagte ich, weil es mir eben einfiel, und weil es seit langem mein Wunsch war, ein Fahrrad zu haben, wie Gerold, der Sohn des Reichspost-Wirts, der mit mir in die gleiche Klasse ging.

»Ein Fahrrad –«, sagte Herr Wormer gedehnt. »Aber doch kein richtiges – höchstens ein Dreiviertelrad, klein wie du noch bist.«

»Ja, ein Dreiviertelrad«, sagte ich erleichtert,

weil Herr Wormer meine Lüge nicht nur zu glauben schien, sondern sie sogar ergänzte.

»Für zweihundert Mark bekommst du zwei Dreiviertelräder«, sagte Herr Wormer schon etwas freundlicher. »Oder ein ganz schickes, teures, mit verchromten Felgen.«

Er warf das Sparbuch dem Fräulein am Kassenschalter, das die ganze Zeit unserem Gespräch zugehört hatte, hin und sagte: »Auszahlen – aber fünf Mark lassen wir drauf, damit der junge Mann zum nächsten Geburtstag wieder seine Einzahlung vornehmen kann!«

Endlich ging Herr Wormer in sein Büro. Er setzte sich an den Schreibtisch, beugte sich über die Schriftstücke, die darauf lagen, ohne noch einmal herzusehen.

Das Haus, in dem Alex und seine Mutter wohnten, gehörte Frau Hassel. Die Wohnungen im ersten Stock oben hatte sie vermietet, und unten, neben dem Eingang, führte sie eine Kolonialwarenhandlung, wohin ich zum Einkaufen geschickt wurde, wenn in der Küche etwas fehlte.

Der Flur war dunkel, feucht, und es roch aus dem Laden nach den Waren, die dort in Fässern und Regalen gelagert waren, nach Schmierseife, Heringen, Kaffee, Pfeffer und Zimt.

Alex und Karl saßen an einem runden Tisch und beugten sich über den Diercke-Schulatlas, der vor ihnen aufgeschlagen lag.

»Setz dich«, sagte Alex über die Schulter her.

»Du hast das Geld?« fragte Karl.

»Ja –«

Alex sagte wieder, wie damals am Sonntagnachmittag: »Dein kleiner Bruder ist ein richtiger Kamerad.«

Ich setzte mich auf den Stuhl zwischen Alex und Karl.

Auf der Kommode stand, wie in vielen anderen Stuben im Dorf, eine Lourdes-Maria im weißen Kleid und einer himmelblauen Schärpe um die Hüfte, wie sie die Mädchen von der Jungfrauenkongregation bei den Prozessionen trugen.

Am Rand der Kommode waren gerahmte Fotografien aufgestellt. Die größte, in einem schwarzen Rahmen, zeigte einen Mann in Soldatenuniform und Pickelhaube. Er lachte und hielt dem Betrachter, als wollte er ihm zuprosten, einen Bierkrug mit aufgeklapptem Deckel entgegen.

Alex sah, daß ich die Fotografie betrachtete. Er sagte: »Mein Vater. Anno 1912. Unteroffizier im Badischen Leibgarderegiment 110 in Mannheim. Er ist in Rußland vermißt. Ich war so alt wie du, als er wegging. Vielleicht kommt er eines Tages zurück. Meine Mutter wartet noch immer.«

Über dem Sofa waren zwei gekreuzte Säbel aufgehängt, und eine Fahne war mit vier Reißnägeln vor die Wand geheftet.

Alex sagte: »Die Trikolore«. Er sagte drei Wörter, die ich nicht verstand, übersetzte sie aber gleich darauf: »Blau-weiß-rot. Die Farben der französischen Nationalflagge.«

»Es gibt keine schönere. Auch die deutsche gefällt mir nur halb so gut. Schwarz-rot-gold.«

Er habe die Flagge aus Algerien mitgebracht, erzählte Alex. Ein französischer Leutnant habe sie ihm geschenkt, als er weggehen mußte, und habe ihm aufgetragen, sie immer zu achten und zu ehren.

Die Mutter von Alex kam herein. Sie sagte nicht mal Guten Tag, als sähe sie es nicht so gern, daß Karl und ich zu ihrem Sohn zu Besuch gekommen waren.

»Eine Sauhitze«, sagte sie, setzte sich auf das Sofa und zog Schuhe und Strümpfe aus.

»Er ist der kleine Bruder vom Karl«, sagte Alex und zeigte auf mich.

»Ich kenne ihn –«, sagte sie und lächelte.

Sie fragte, ob wir Most trinken wollten. Er habe schon gegärt, sei also nicht mehr so süß und für mich bestimmt viel zu sauer.

»Wein gibts bei uns nicht«, sagte sie. »Die Reichen trinken Wein, sogar an Werktagen –«

»Ich trinke zur Abwechslung auch mal Most«, sagte Karl höflich. »Und mein kleiner Bruder soll ihn ruhig probieren.«

»Los, hol ihn schon«, sagte Alex ungeduldig.

Wir schwiegen, bis seine Mutter aus der Küche zurückkam, und weil sie barfuß ging, war ihr Schritt wie ein Stampfen.

Sie stellte drei Gläser auf die Wachstuchdecke, Wassergläser mit geriffelten Wänden, die früher mit Senf gefüllt waren. Während sie eingoß, beugte sie sich zu mir herunter und zischte: »Sie hecken was aus – und denken, ich merke nichts. Gauner! Auch dich wollen sie mit hineinziehen, Kleiner. Gauner!«

»Halt die Gosch!« schrie Alex, so laut, daß ich, sicher auch Karl, erschraken.

»Ich weiß, was gespielt wird«, sagte sie. »Aber ich schweige, wie ich immer schweige –«

»Gar nichts weißt du, Mama –«

Sie wollte gutmachen, was sie angerichtet hatte. Mit der Hand fuhr sie ihm über den Kopf und schob seine Haare vor die Stirn.

»Laß das«, sagte Alex, noch immer zornig. Er lehnte sich von ihr weg und strich mit den Fingern die Haare glatt.

In der Küche sprach seine Mutter weiter vor sich hin, und weil die Tür offen stand, hörten wir, wie sie wiederholte: »Gauner! Gauner!«

Alex trat gegen die Tür, daß sie zuknallte.

»So, nun hat die liebe Seele Ruh«, sagte er und lachte.

Ich trank den Most in kleinen Schlucken.

»Er schmeckt dir tatsächlich?«

»Danke, gut –«

Karl sagte zu Alex hinüber: er könne sehen, was für ein wohlerzogener Junge ich sei. Und ein kluger Junge. Für mein Alter wisse ich schon mehr, als die Lehrer in der Schule mir beigebracht hätten. »Alle Hauptstädte von Europa kann er dir hersagen –«

»Glaub ich nicht –«

»Frag ihn, du wirst sehen!«

Alex fragte die Hauptstädte von Frankreich, England, Italien, Polen, Finnland und Albanien ab, und ich konnte sie alle nennen.

»Und nun – eine ganz schwere Hauptstadt«, sagte Alex und war wieder gut gelaunt. »Ich wette, du weißt sie nicht. Wie heißt die Hauptstadt von San Marino?«

Ich antwortete nicht gleich, damit er denken sollte, ich wüßte sie nicht. Auch die Hauptstädte von Monaco und Andorra wußte ich.

»Nichts leichter als das«, sagte ich. »Sie heißt genauso wie das Land: San Marino!«

»Bravo! Er weiß auch die«, sagte Alex. »Hätte ich nicht gedacht –«

Karl boxte mir gegen die Brust und fragte: »Und das Geld, Bruderherz?«

»Hier –« Ich holte das Sparbuch, in dem die Scheine lagen, und die losen Geldstücke aus der Jackentasche und legte sie vor ihn auf das Tischtuch.

Er fing gleich an zu zählen. »Es sind genau einhundertfünfundneunzig.«

Alex sagte: »Für das Fahrgeld genug. Dazu kommt mein Geld –«

Die Tür flog auf. Seine Mutter stand auf der Schwelle, sie hielt, wie eine Kellnerin, die Flasche hoch und fragte: »Noch Most gefällig, die Herren?«

Sie lachte, als mache es ihr Spaß, die Unterhaltung zu stören.

Alex, der mit dem Rücken zu seiner Mutter saß, nahm das Geld, das Karl mit der Hand bedecken wollte, rasch weg und ließ es in seiner rechten Brusttasche verschwinden.

Nach Mitternacht schreckte ich aus dem Schlaf, als hätte mich jemand an der Schulter gezerrt. Über mir im Dunkel war Karls Gesicht zu erkennen, und sein Mund roch nach Zigarettenrauch. Nahe am Ohr hörte ich seine Stimme: »Ich will dir Ade sagen. Morgen früh sind wir weg – hörst du?«

»Ja –«

»Du darfst weiterschlafen, Bruderherz«, sagte er und gab mir den Kuß, auf den ich einmal gewartet hatte, aber nur kurz, auf die Backe, weil er es eilig hatte fortzugehen.

Vor dem Fenster flammten Blitze in die Nacht. Die Donner blieben aus, also war es nur ein Wetterleuchten, vor dem ich mich nicht fürchtete wie vor einem Gewitter.

Unten im Hof wartete ein Auto. Der Motor lief. Jetzt kam Karl. Die Tür wurde geöffnet und zugeschlagen.

Stumper bellte.

Die Scheinwerfer blendeten auf, und das Auto setzte sich in Bewegung, fuhr langsam aus dem Hof, bog in die Straße ein und fuhr weiter, schneller, bis die Häuser es meinem Blick verdeckten.

Ich stand noch immer am Fenster und sah hinab.

Die Blitze des Wetterleuchtens zuckten über den Himmel, als hätten sie etwas damit zu tun, daß Karl fortging und ich so traurig war.

## Stimmen wie Engel

Wiederum war Frau Keim entzückt, wie die Patres es verstanden, ihr feiertägliches Hochamt zu begehen. Der Rektor zelebrierte es persönlich. Zwei junge Patres assistierten als Diakone. Zwölf Ministranten, Zöglinge der Klosterschule, vollzogen alle Gänge und Zeremonien, wie die Liturgie sie vorschrieb, als hätte ein Regisseur vom Stadttheater sie einstudiert. Bald hatten sie zu stehen, bald zu gehen, Leuchter und Fahnen hin- und herzutragen, sich hinzuknien oder hinzusetzen auf die samtgepolsterten Hocker und dabei ihre Hände in die weiten Ärmel der Chorhemden zu stecken. Zur Heiligen Wandlung schüttelten zwei kleine Ministranten die versilberten Schellen. Frau Keim und sicher auch vielen anderen Besuchern rieselten Schauer der Ergriffenheit über die Rücken. Zwei große Ministranten, Primaner wahrscheinlich, bedienten das Schiffchen und das Rauchfaß. Immerzu waren sie beschäftigt, die Holzkohle in Glut zu halten und Körner nachzulegen. Der Rauch flockte aus den Ritzen wie Wattebäusche, die in blauen Nebel sich auflösten und den Chor und die Kapelle füllten mit dem bittersüßen, orientalischen Geruch des Weihrauchs. Kein Wunder, wenn ein paar Besucher husteten und andere ihre Augen, die tränen wollten, reiben mußten.

Der Pater Präfekt war verantwortlich für den Gesang und die Musik. Er spielte die Orgel, wenn es die Responsorien zu begleiten galt. Danach stand er rasch auf, um den Chor und das Orchester zu dirigieren. Am Rand der Empore hatten sich die Solisten postiert: zwei ältere Schüler, die Tenor und Baß sangen, und zwei kleine Schüler, die Sopran und Alt sangen. Im »Credo« hatte der Junge mit der Sopranstimme das »Et incarnatus est« als Solo zu singen, und der Junge mit der Altstimme das »Cruzifixus etiam pro nobis«. Es war der Höhepunkt der Messe, wenn die beiden allein, ohne Chor, nur in Begleitung der Streichinstrumente, das »Benedictus« sangen. Viele Besucher, auch Frau Keim, drehten dann die Köpfe, um die Jungen anzuschauen und zu bewundern. Über die aufgeschlagenen Notenhefte blickten sie hinauf zum Pater Präfekt, der ihnen mit einem Stab aus Ebenholz den Einsatz und den Takt vorschlug.

Frau Keim lächelte heute einige Male glücklicher als sonst. Eben war ihr in den Sinn gekommen, wie sie die kleinen Sänger, die Stimmen wie

Engel hatten, belohnen könnte. Eine »Idee« – ja, so dachte sie – war ihr während des »Benedictus« eingegeben worden. Gleich am nächsten Tag wollte sie versuchen, den Pater Rektor dafür zu gewinnen. Sie wußte, das Kloster und seine Internatsschule hatten strenge Regeln. Man sah es nicht gern, wenn Frauen sich einmischten. Der Pater Rektor kannte sie seit fünf Jahren, seit dem Tod ihres Mannes, als Besucherin der Sonntags- und Feiertagshochämter, aber auch, was noch mehr zählte, als großzügige Gönnerin des Ordens und seiner Missionsarbeit. Nein, er konnte und durfte ihr, was sie sich so schön ausgedacht hatte, nicht verweigern.

Erfreut sagte der Pater Rektor zu, als sie am Montagvormittag anrief: Im Besuchszimmer neben der Pforte, wo die Klausur noch nicht gültig war, wollte er sie gegen fünf Uhr erwarten. Sie trug, der Jahreszeit angemessen, ein großgeblümtes, hellblaues Sommerkleid. Auch Schmuck hatte sie angelegt. Ein goldenes Armband umspannte das linke Handgelenk, und im Halsausschnitt hielt eine Kette das Kreuz aus roten Granaten. Sie hatte kaum Platz genommen, auf dem Stuhl gegenüber, als sie zu sprechen begann: »Ihre Predigt, Hochwürden, gestern, war mir aus der Seele gesprochen!« Der Pater Rektor sagte: Man dürfe als Priester sich nicht zufrieden geben mit der Welt heute. Selbst der sanfte Christus habe, wenn es nötig gewesen wäre, losgewettert gegen die Händler und Pharisäer. Seine Predigt sollte vor allem die Menschen treffen, die nicht mal das Sonntagsgebot erfüllten. Über die Gläubigen, die wenigstens ihm noch nachkommen, wolle er sich wahrlich nicht ereifern. Auch nicht über die Zöglinge; sie lebten doch recht behütet von der bösen Welt draußen.

Der Pater Rektor schlug unter der Soutane die Schenkel übereinander. Ein Zeichen, daß er sich wohlfühlte, und kein Termin ihn bedrängte. Frau Keim lenkte zur Spende über, die sie diesmal dem Orden zuwenden wollte; eine weit höhere als früher, zumal die Zinsen zur Zeit nicht schlecht ständen. Es sei ihr lieb, sagte sie, wenn das Kloster nicht den ganzen Betrag weitergeben müsse an die Missionsstationen in Afrika oder Südamerika: »Dafür kommen Zuwendungen wohl auch von anderer Seite.« Sie wünsche diesmal ausdrücklich, die Hälfte würde für das Orchester abgezweigt. »Ich liebe Musik«, sagte sie. Und wie wäre es, wenn man für die Summe zusätzliche Instrumente erwerbe? Der Pater Präfekt sagte: »Wunderbar, da treffen zwei Wünsche ideal zusammen!« Erst gestern, fuhr er fort, beim Mittagstisch, habe der Pater Präfekt geklagt, dem Orchester fehlten eine zweite Oboe und ein drittes Cello, und das seien, soviel er in seinem musikalischen Unverstand wisse, keine billigen Instrumente. »Genehmigt!« rief Frau Keim. »Eine Oboe und ein Cello müssen her!«

Weil ihr Einverständnis so offensichtlich war, wagte der Pater Rektor, Frau Keim zu fragen, ob sie es ausnahmsweise erlaube, wenn er ein Zigarillo anstecke. In den Räumen des Klosters sei es in der Zeit zwischen Mittag- und Abendessen eigentlich verboten; das Besuchszimmer jedoch läge gewissermaßen exterritorial. Das Rauchen sei nun mal seine einzige Leidenschaft, gegen die er vergeblich ankämpfe – und ihr immer wieder unterliege. Im Krieg habe er sich das Laster angewöhnt. Frau Keim sagte, sie schnuppere nicht ungern ein bißchen Tabakqualm. Ihr verstorbener Mann sei ein starker Raucher gewesen. Sie sogar sei als junges Ding den Zigaretten verfallen gewesen, was man damals in ihrer Familie höchst ungern gesehen hätte.

Der Pater Rektor stieß den Rauch aus dem halbgeöffneten Mund, manchmal sogar in Kringeln, die nacheinander zum Kruzifix über seinen Kopf hinaufschwebten. Die Stimmung war günstig, herauszurücken mit der eigentlichen Bitte.

Am Sonntag, begann Frau Keim, während des Hochamtes, als die beiden Schüler, die Stimmen wie Engel hätten, das »Benedictus« zusammen sangen, sei ihr eine Idee gekommen, die ihm, dem Pater Rektor, genauso gefallen müsse wie ihr selber. »So schöner Gesang muß belohnt werden«, sagte sie etwas feierlich, und folgendes habe sie sich ausgedacht: Hinter ihrem Landhaus vor der Stadt besitze sie einen ausgedehnten Grasgarten mit Obstbäumen, darunter zwei prächtige, alte Kirschbäume, die in diesem Jahr voller Früchte hingen wie seit Menschengedenken nicht mehr. Sie wolle die beiden Sänger am kommenden Samstagnachmittag, wenn sowieso Ausgang angesetzt sei, zu ihr in diesen Garten einladen, um sich an Kirschen sattzuessen. Nein, nicht als Arbeit sei die Einladung gedacht, einfach als Anerkennung, als vergnüglicher Zeitvertreib. Zudem kämen am Wochenende ihr Neffe und ihre Nichte zu Besuch; zwei wohlerzogene, reizende Kinder. So müßten die Jungen sich auch nicht so allein fühlen in der Gesellschaft der Älteren, die gleichfalls gern in ihrem Garten vorbeikämen.

Noch während sie redete, spürte sie: Der Pater Rektor war gewonnen. »Genehmigt!« und eine fabelhafte »Idee«, sagte er – wiederholte also liebenswürdigerweise ihre eigenen Worte. Der Franz und der Raimund, fuhr er fort, werden begeistert sein, nicht allein der Kirschen wegen, mehr noch über die schöne Geste, für die es keinen Vergleich gäbe, und die sie auch wohlverdient hätten. Zudem seien die beiden nicht gerade vom Glück bevorzugte Zöglinge; Franz stamme aus einem bescheidenen Elternhaus, sieben oder acht Kinder müsse der Vater durchbringen. Raimund dagegen habe nur eine Mutter; sein Vater, wohl ein Hallodri, habe sich einer jüngeren Frau wegen davongemacht und bis heute nicht um den Jungen gekümmert. »Desto besser«, sagte Frau Keim. Der Nachmittag in ihrem Garten könne ihnen manches ersetzen, und sie werde alles arrangieren, daß Franz und Raimund – sie werde ihre Namen behalten – eine Erinnerung fürs Leben mitnähmen. Ihr Chauffeur werde sie abholen und rechtzeitig zum Abendessen wieder abliefern.

Am Samstagnachmittag fuhr der Chauffeur am Hofeingang des Klosters mit einem Automobil vor. Er hatte das Verdeck zurückgeschlagen, weil ein schöner Junitag war. Der Chauffeur hielt den Schlag auf. Franz und Raimund stiegen ein und saßen tief in den Lederpolstern des Fonds. Der eine drehte den Kopf nach links, der andere nach rechts, um über die Wülste des Verdecks hinauszusehen. Wie schade, daß die anderen Schüler vorher schon ausgegangen waren und das Automobil mit den verchromten Leisten und einer geflügelten Nike auf der Kühlerhaube nicht bestaunen konnten. Franz, wahrscheinlich auch Raimund, wünschten sich, die Fahrt zum Garten der reichen Dame, die sie eingeladen hatte, möchte lang und weit sein, und sie bekämen unterwegs viel zu sehen.

Sie redeten kein Wort miteinander. Nicht weil der Chauffeur, der die Gänge zu schalten und die Hupe zu drücken hatte, ihnen hätte zuhören können; nein, weil sie auch sonst nicht, obwohl sie doch Soli zusammen sangen und im Musikzimmer gemeinsam probten, miteinander redeten. Erst nach den Osterferien war Raimund gekommen. Vorher hatte er eine Klosterschule der Benediktiner besucht und war schon dort seiner Altstimme wegen bewundert worden. Auch gegenüber den anderen der Klasse hielt er sich zurück. War er hochmütig? In den Pausen blieb er am liebsten auf seinem Platz und las in einem Buch. Auch am Fußballspiel wollte er sich nicht beteiligen. Vielleicht hatte er Heimweh.

Der Chauffeur lenkte das Automobil durch die Hauptstraße der Stadt, vorbei an der Marktkirche, an den Kaufhäusern, an den Hotels und Restaurants, und am Kino. Über dem Eingang hing ein Plakat. In grellen Farben war eine Filmszene gemalt: Ein Cowboy stand vor einem Pferd und umarmte eine Frau; beugte den Kopf zu ihr hinab, um den mohnroten Mund zu küssen. Hinter der Stadt bog der Chauffeur in einen Seitenweg ein. Er stieg den Hügel bergan, Villen waren zu sehen, und oben am Ende ein Haus, das aussah, wie Franz als Kind gern Häuser mit Buntstiften gezeichnet hatte: mit einer gelben Vorderfront und einem roten Ziegeldach, davor ein Garten und ein Tor, das der Bogen einer Rosenhecke überspannte. Als der Chauffeur anhielt, kam ihnen Frau Keim auf dem Gartenweg entgegen und rief: »Willkommen, Kinder!« Franz und Raimund ergriffen scheu ihre Hände, verneigten dabei den Kopf ein wenig und bedankten sich für die Einladung, wie der Pater Rektor es ihnen aufgetragen hatte.

Hinter dem Haus, auf einer Terrasse, saßen andere Gäste: ein Herr mit einem Strohhut und gestreiften Hosenträgern über dem Hemd, und eine magere Frau, die ihr Haar straff über der Stirn zurückgezogen und am Hinterkopf zu einem Knoten geflochten hatte. Ein Junge und ein Mädchen saßen nebeneinander am Tisch. Allen mußten Franz und Raimund die Hand geben, und Frau Keim sagte mehrere Male: »Wirklich, Stimmen wie Engel haben sie!« Die magere Frau sagte: Schon jetzt nehme sie sich vor, mitzugehen ins nächste Hochamt, um sich persönlich zu überzeugen, ob ihre Freundin Margarete nicht übertreibe, wie sie auch sonst übertreibe. Alle am Tisch lachten, und Frau Keim drohte ihr über den Tisch hinweg mit dem erhobenen Zeigefinger.

Der Junge hieß, wie Frau Keim sagte, Berthold; das Mädchen Lisa. Beide hatten hellblondes Haar und trugen es lang und ungekämmt. Lisa hing es wie ein Schleier über die Schultern. Berthold hatte sich wieder in den Gartenstuhl gesetzt. Er lehnte den Kopf gegen die Lehne und hielt die Augen geschlossen, als wollte er nicht teilnehmen am Gespräch, sondern unbewegt sein Gesicht in die Sonne halten, damit es sich bräune. Lisa war dafür desto gesprächiger. Von der Fahrt zu ihrer Tante erzählte sie und von dem Pensionat, das sie besuche. Von ihrer Freundin Eleonora erzählte sie, der Tochter eines Konsuls, mit der sie sich fabelhaft verstehe. Sie wolle endlich auch, sagte Lisa, wie Eleonora und die anderen Mädchen einen Bubikopf. Bald sei sie die letzte, die sich noch kämmen und strählen müsse. Die magere Frau sagte, ein Bubikopf sei unfraulich. Frau Keim stimmte bei. Der Herr, der seinen Stuhl weit vom Tisch abgerückt hatte und eben den Rauch der Zigarette senkrecht nach oben blies, sagte: »Unsere kleine Lisa hat recht. Man muß mit der Mode gehen.« »Hört ihr«, sagte Lisa und sah alle der Reihe nach an, auch Franz und Raimund, um sie für diese fortschrittliche Meinung zu gewinnen.

Kaffee war in die Tassen gefüllt, und Frau Keim schnitt Erdbeerkuchen auf. Sie selber verteilte die Stücke und gab auf jeden Teller noch einen Löffel voll Schlagsahne. »Zuerst eine Stärkung!« sagte sie. »Vor allem für unsere kleinen Gäste, die bestimmt nicht jeden Tag ein Erdbeerkuchen auf dem Tisch erwartet.« Wie gut, niemand fragte nach dem Essen im Kloster. Lisa redete wieder über ihr Pensionat, und Berthold schwieg, auch als er sich vorbeugen mußte, um zur Tasse oder Gabel zu greifen. Die Älteren unterhielten sich, und Franz und Raimund waren erleichtert, als Frau Keim in die Hände klatschte und mit erhobener Stimme sagte: »So, nun dürfen unsere Kinder in die Bäume entschwinden – und Kirschen verzehren, so viel sie mögen!«

Am Ende des Gartens standen die Kirschbäume. Zwei alte Bäume mit wuchtigen Kronen.

Ihre Zweige bogen sich unter der Last der Kirschen, und die unteren Zweige hingen bis hinab ins Gras. Von der Erde aus hätte man genug Kirschen abpflücken können. Es war aber auch in jeden Baum eine Leiter gestellt worden. Es ergab sich so, daß Franz und Berthold die eine Leiter hochstiegen, und Raimund und Lisa die andere. Franz und Berthold stiegen bis zur obersten Sprosse und kletterten von da – der eine nach rechts, der andere nach links – auf einen Ast und setzten sich nieder. Franz fing an, Kirschen abzureißen und in den Mund zu stecken. Berthold schien selbst an Kirschen keine Freude zu haben. Er blieb an der gleichen Stelle sitzen, und der dunkelgrüne Schatten der Baumkrone schien ihn noch weiter wegzurücken. Jetzt sah er herüber zu Franz. Nach einer Weile fragte er: »Und du bist gern in dieser Klosterschule?« Franz antwortete: Ja, er sei ganz gern da, vier Jahre schon. Berthold sagte: Keine zehn Pferde könnten ihn in ein Internat bringen; dann könne er gleich ins Gefängnis gehen, mit vergitterten Fenstern und Aufpassern an allen Ausgängen. Franz wiederholte, was er über eine Internatsschule von seinen Eltern oder den Patres oft gehört hatte: Man werde weniger abgelenkt als in einem Städtischen Gymnasium; am Nachmittag sei Studium angesetzt, und dann müsse man lernen, auch wenn man keine Lust verspüre. Und immer sei jemand in der Nähe, der einem helfe bei den Übersetzungen aus dem Lateinischen und Griechischen. Berthold sagte: Latein und Griechisch können ihm gestohlen bleiben. Überhaupt sei er lieber faul als fleißig. Schwimmen sei sein größtes Vergnügen, jetzt im Sommer im Freiluftbad und im Winter im Hallenbad. Tennis spiele er, und er hätte, wenn er hart trainiere, Aussicht, im nächsten oder übernächsten Jahr Jugendmeister zu werden.

Immer fiel Berthold etwas Neues ein, über die Klosterschule zu spotten. Wie ein Erwachsener redete er, dabei war er nur zwei, drei Jahre älter als Franz. »Müßt ihr nicht im Gänsemarsch hintereinander gehen, damit keiner auf Abwege gerät?« fragte Berthold. »Ja, wir Schüler der unteren Klassen, wenn wir ausgehen am Samstag- und Sonntagnachmittag.« Berthold sagte, seine fromme Tante habe ihm erzählt, was alles verboten sei in der Klosterschule. »Ist es wahr, daß ihr nicht mal ins Kino gehen dürft?« »Ja, es ist wahr«, sagte Franz. »Nur die Schüler der Unter- und Oberprima dürfen das Kino besuchen, wenn der Film erlaubt ist.« Berthold sagte: Er gehe ins Kino sooft er Lust und Laune habe, zwei, drei Mal die Woche. Er sammle Fotografien von Filmstars, und keiner gefalle ihm so gut wie Ramon Novarro, der den »Ben Hur« gespielt habe. Auch Franz hatte »Ben Hur« gesehen. Als seine Mutter im Winter zu Besuch gekommen war, hatte er sie geplagt, »Ben Hur« anschauen zu dürfen, und sie sind zusammen in die Nachmittagsvorstellung gegangen.

»Sind nicht sogar Freundschaften verboten?« fragte Berthold. »Ja, sie sind verboten«, sagte Franz. »Wir sollen keinen einzelnen Mitschüler bevorzugen.« Berthold sagte, er sei sich ziemlich sicher, daß es trotzdem Freundschaften gäbe. Er rückte näher zu Franz, weil er weniger laut sprechen wollte. »Freundschaften – mit allem, was dazugehört.« Er könne sich lebhaft ausmalen, fuhr er fort, was da los wäre in den Schlafsälen, jetzt im Sommer, unter den dicken Federbetten. Er wolle wetten, daß einer zum anderen schlüpfe; er zu Raimund und Raimund zu ihm. »Nicht wahr!« empörte sich Franz. Sie seien kein Freundespaar. Sie redeten nicht mal miteinander, obwohl sie in der gleichen Klasse säßen und Soli miteinander sängen. »Du bist dumm, wenn es wahr ist«, sagte Berthold. Er könne sich keinen patenteren Freund vorstellen. Er sagte: »Raimund hat Sex-Appeal«, und weil er es Franz ansah, daß er nicht verstand, was damit gemeint war, erklärte er es: »Ausnehmend gut sieht er aus – mit seinen kleinen Augen und den Locken über den Ohren.«

Franz sagte, was er von Raimund wußte: Erst nach Ostern sei er in die Schule gekommen, und er verschließe sich vor allen, auch vor ihm. Anscheinend gefalle es ihm nicht in der Schule. »Vielleicht hat er Heimweh«, sagte Franz. »Oder er ist arrogant.« Die anderen meinten es. Berthold sagte: »Mir würde es gefallen, wenn er arrogant wäre. Besser arrogant als ein Duckmäuser.« Es sei wirklich schade, daß er in dieser Klosterschule verkümmere. Bei ihm zu Hause, in der Stadt, im Tennisclub, würden sich alle um ihn reißen, die Mädchen und die Jungen. Berthold rückte näher zu Franz. Er sah ihm in die Augen und sagte: »Auch du bist ein lieber Kerl –« Franz sah auf seine nackten Knie, und das Blut schoß ihm wahrscheinlich in den Kopf. »Hast du mich vorhin auf der Terrasse nicht angeschaut?« fragte Berthold. »Weil du nichts gesprochen hast, und weil ich gedacht habe, du könntest uns nicht leiden.« »Keineswegs«, sagte Berthold. »Ich war einfach nicht in Stimmung, und meine schwärmerische Tante ist mir auf den Wecker gegangen, als sie sich so anstrengte, euren süßen Engelsgesang zu verkaufen.« Berthold hob die Stimme, seine Tante nachzuahmen und Franz zum Lachen zu bringen.

Er riß zwei Kirschen, die an den Stielen zusammengewachsen waren, von einem Zweig und hängte sie Franz über das linke Ohr. »Sie stehen dir gut«, sagte er. »Wie Ohrringe!« Seine Augen verengten sich zu schmalen Schlitzen. Franz konnte die Haut seines Gesichts, das mit Sonnenöl eingerieben war, riechen. Berthold schlug ihm mit der rechten Hand auf die Schulter, dann zog er ihn an sich, als wolle er mit ihm raufen. Er faßte ihm zwischen die Schenkel an den Stoff der Hose und sagte: »Und da hast du eine Kerze versteckt?«

Sie hörten im anderen Kirschbaum Lisa und Raimund sprechen, lauter als vorher. »Hörst du«, sagte Berthold, »sie amüsieren sich. Und wer weiß, was sie sonst noch miteinander treiben.« Er hielt den Zeigefinger vor die Lippen und machte »Psst«, weil er hören wollte, was Lisa eben sagte: »Mein großer Bruder ist schon ein richtiger Frechdachs.« Auch, was Raimund darauf sagte, war zu verstehen. Er sagte: »Besser, als wenn er ein Duckmäuser wäre.« Bertholds Gesicht strahlte, und er sagte: »Hörst du, der hübsche Raimund ist der gleichen Meinung wie ich.« Franz sagte: »Auch ich mag die Duckmäuser nicht.« »Du besserst dich«, sagte Berthold, »und wenn du so weitermachst, wirst du ein ganz schlimmes Früchtchen.« »Huhu!« rief Lisa vom anderen Kirschbaum. Berthold antwortete: »Wir haben alles gehört.« »Kommt rüber«, rief Lisa. »Wir haben euch ein paar Kirschen übriggelassen!«

Berthold stieg die Leiter hinab. Franz blieb allein zurück. Er nahm die Kirschen vom Ohr, steckte sie in den Mund und ließ die Steine auf der Zunge liegen. Es ist Sünde, dachte er, was Berthold mit ihm gemacht hat. Nicht mal gewehrt hat er sich. Morgen, am Sonntag, konnte er nicht die Kommunion empfangen, und die anderen würden es sehen und sich darüber Gedanken machen. Nur zwei, drei Schüler der Oberklassen wagten es, der Kommunion am Sonntag fernzubleiben. Erst am Montag war es wieder möglich, zur Beichte zu gehen, beim Pater Spiritual. In seinem Zimmer, im zweiten Stock am Ende des dunklen Flurs, nahm er unter der Woche, wenn man es wünschte, die Beichte ab. Er saß hinter einem Betschemel, hielt ein weißes, gestärktes Tüchlein vors Gesicht, um den Jungen, der ihm seine Sünden bekannte, nicht einzuschüchtern. Er tat so, als kenne er ihn nicht.

Wenn er zum Religionsunterricht kam, hielt er kein Tüchlein vor die Augen und redete jeden Schüler mit dem Vornamen an. »Unkeusches getan – mit anderen«, mußte er bekennen. Sein Herz würde klopfen, mehr aus Scham als aus Furcht. Er mußte, was er getan hatte – im Beichtspiegel hieß es so –, aus tiefster Seele bereuen und mußte den Vorsatz fassen, es nie mehr zu tun.

Vor einem Monat hatte ein Schüler der Oberprima ihn verführen wollen. Ein junger Mann schon, der Knickerbocker trug und im Orchester das Cello spielte. Er hatte ihm einen Brief geschrieben und unter das Kopfkissen gesteckt. Wie sehr er ihn bewundere seiner Sopranstimme wegen, hatte er geschrieben; und er lüde ihn ein, in den Ferien in die Stadt zu kommen und Radtouren mit ihm zu unternehmen. Nach der Maiandacht, als es schon dunkel war, ging er mit dem Oberprimaner zur Mauer, wo Bänke zwischen den Bäumen standen. Als der ihn umarmen wollte, hatte er ihn weggestoßen und war weggelaufen. Berthold hat er nicht weggestoßen. Ja, es war ihm nicht unangenehm, daß er so freche Sachen zu sagen wagte, und er beneidete ihn, daß er tun konnte, wozu er Lust hatte, schwimmen, Tennis spielen, ins Kino gehen. Schade, daß er woanders wohnte, und daß er ihn wahrscheinlich nie mehr sehen würde. Leer und langweilig war es jetzt in der Kirschbaumkrone, und er fror ein wenig. Auch was er über Raimund gesagt hatte, gefiel ihm. Keinen anderen Schüler hätte er so gern zum Freund wie Raimund, und es hat ihm immer weh getan, wenn er gegen alle Versuche, mit ihm zu sprechen und freundschaftlich sich ihm zu nähern, schweigend sich verschlossen hatte. Keiner in der Klasse sah so aus, wie es Berthold in einem Wort gesagt hatte, das er nicht verstand. Keiner hatte eine so schöne Altstimme. Dann hörte Franz seinen Namen rufen. Berthold, Lisa, Raimund standen unten im Gras am Fuß der Leiter und lachten, weil sie sogar im Chor seinen Namen rufen mußten, um ihn aus seinen Gedanken aufzuschrecken.

Sie verbeugten sich wieder, als Frau Keim ihnen zum Abschied die Hand gab, und sie bedankten sich nochmals für die Einladung in den Garten. »Ich komme morgen zum Hochamt und bringe meine Freundin mit, auch meinen Neffen und meine Nichte«, sagte Frau Keim. »Alle sollen sich überzeugen, daß ich es nicht liebe zu übertreiben!« Sie begann, den Tisch abzuräumen. Lisa half ihr dabei und redete, wie sie den ganzen Nachmittag über geredet hatte. Berthold ging mit ihnen hinaus, wo der Chauffeur vor dem Automobil wartete und eben die Brille vor das Gesicht schob. Sie sahen Berthold noch am Gartentor stehen, als das Automobil schon am Ende des Wegs in die Landstraße abbog. Berthold hielt die Hand zum Gruß erhoben, ohne sie zu bewegen.

Der Chauffeur bog in die Hauptstraße ein. Er fuhr vorbei am Kino, an den Hotels und Restaurants, an den Kaufhäusern und an der Marktkirche. Mehr Leute als am Nachmittag waren unterwegs, um den hellen Juniabend zu genießen. Franz und Raimund schwiegen, und es bedrückte sie, daß sie nicht noch eine Weile in der Freiheit verbringen konnten. Das Automobil fuhr unaufhaltsam den Weg zum Hügel hinauf. Die Mauer, die den Klosterhof umschloß, war schon zu sehen, als Franz es wagte, Raimund anzuschauen. Diesmal wich er dem Blick nicht aus. Die Mundwinkel verzogen sich zu einem Lächeln. Er neigte den Kopf zu Franz und sagte leise: »Wieder gefangen –«. Raimund kam Franz zuvor; er packte ihn, was der Chauffeur nicht sehen konnte, am Handgelenk und hielt es umklammert, bis das Automobil in den Klosterhof einfuhr.

Die Abendandacht war eben zu Ende. Die

Patres und Fratres kamen, wie vor jeder Mahlzeit, aus dem Oratorium die Treppe herab und sangen dabei die Psalmen. Vor dem Eingang des Refektoriums gruppierten sich die Schüler, wie es vorgeschrieben war, zu einer Doppelreihe. Franz und Raimund warteten, bis alle vorbeigezogen waren. Als letzte schlossen sie sich an. Wie Fremde kamen sie sich vor, die sich abgesetzt, die mehr erlebt hatten als die anderen bei ihren eintönigen Spaziergängen. Und waren sie nicht schon Freunde? Sie dachten an den Grasgarten zurück, an die Kirschbäume, an Lisa, an Berthold, an Frau Keim, der sie alles verdankten; und morgen, beim Hochamt, wollten sie das »Benedictus« zusammen singen, schön wie nie zuvor.

# Arme Hertha

Ich kann es mir selber nicht mehr vorstellen, daß ich einmal als Vormund bestellt war. Von heute her gesehen war ich damals, achtundzwanzig Jahre alt, viel zu jung; erst recht nicht lebenserfahren genug, ein so verantwortungsvolles Amt auszuüben.

Mein Onkel und meine Tante waren im Laufe eines Jahres kurz nacheinander gestorben. Sie hinterließen ihre einzige Tochter, Hertha, meine Cousine, in einem Haus, das nun ihr allein gehörte. Ein Haus in einem Vorort von H., den Beamte bevorzugen. Ihre Ein- und Zweifamilienhäuser, umgitterte Gärtchen davor, reihen sich rechts und links entlang der Straßen. Ich habe mich dort, wenn ich zu Besuch hin kam, nie wohlgefühlt und bin jedes Mal wie befreit wieder abgereist.

Hertha war depressiv. So sehr, daß man sie psychisch krank nennen mußte. Im Kindesalter schon hatten sich Eigenheiten gezeigt, die einen erschrecken konnten. Nur ihre Eltern schienen sie in ihrer abgöttischen Liebe und Sorgfalt zu übersehen. Wahrscheinlich gab es, je älter Hertha wurde, sogar dramatische Szenen, über die sie nicht redeten. Auch sie, Herthas Eltern, waren in ihrer Art seltsam. Lebensbejahung strahlten sie wahrlich nicht aus, und mein Onkel, ein Oberpostinspektor, war zeitlebens, verstärkt noch im Ruhestand, ein richtiger Pedant gewesen.

Der Hausarzt, der Hertha viele Jahre kannte, bat mich zu einer Unterredung in seine Praxis. Er gab mir den dringenden Rat, einzuwilligen in eine Einlieferung Herthas in die Psychiatrische Klinik in A. Sie sei nun, da sie allein lebe, noch mehr ihren Depressionen ausgesetzt. Es bestehe die Gefahr, daß sie völlig sich gehen lasse; sogar, was sie schon einmal angedroht hatte, Selbstmordversuche unternehme. Ich, als ihr Vormund, müsse die Einlieferung beantragen.

Ich übergehe, wie kompliziert die amtlichen Bestimmungen sind, und wie langwierig die Verhandlungen, bis eine Einlieferung in die Psychiatrische Klinik genehmigt wird. Ich nahm mir vor, gerade dort Herthas Dasein, soweit es in meiner Macht lag, zu erleichtern. Einmal im Monat wollte ich sie besuchen, und ich hätte es viel öfter getan, wäre ich damals nicht eingespannt gewesen in die Schlußexamen an der Universität.

Als Kinder hatten wir miteinander gespielt, wenn ihre und meine Eltern sich gegenseitig besuchten, oder wenn Hertha im Sommer ein paar Ferientage bei uns im Dorf verbrachte. Mit mir hat sich Hertha besser vertragen als mit anderen Gespielen; Nachbarskindern oder Mitschülerinnen, die sich meist bald wieder von ihr zurückzogen.

Die Psychiatrische Klinik in A. – die Leute der Umgebung sagen ungeniert »das Irrenhaus« oder »die Klappsmühle« – kannte ich früher nur vom Vorüberfahren im Auto. Eine Ansammlung stattlicher Gebäude, erbaut um die Jahrhundertwende, in solidem, roten Backstein. Zwischen den Gebäuden ist ein Park angelegt: Rasen, Blumenbeete, ein Teich, eine Allee mit alten Platanen. Am östlichen Ende liegt ein weitläufiger Nutzgarten, mit Gewächshäusern sogar, wo Patienten, die noch zupacken können, arbeiten und die Küche der Klinik mit Obst und Gemüse beliefern.

Zur Unterscheidung tragen die Gebäude der Klinik Buchstaben in Bronzelettern über den Eingängen. Im H-Bau, sagt man – ich weiß nicht, ob zu Recht –, seien die heilbaren Kranken untergebracht; im Gegensatz zum U-Bau, worin die unheilbaren Kranken gehalten werden, und wo keine Besuche mehr erlaubt sind.

Gottlob, Hertha war in den H-Bau eingeliefert worden. Sie erwartete mich in ihrem Zimmer. Sie teilte es mit einer älteren Patientin, die angezogen auf dem Bett hockte und sich völlig in ihr Schweigen verschlossen hatte. Nicht mal meinen Gruß erwiderte sie. Hertha saß am Tisch, auf dem weder ein Buch noch eine Illustrierte oder eine Zeitung lagen; auch keine Handarbeit, die sie hätte beschäftigen können. Früher schon konnte sie stundenlang so dasitzen und die leere Tischdecke anstarren.

Bald nach den ersten Sätzen ermunterte ich Hertha, mit mir im Park spazierenzugehen. Ich zeigte, wenn das Gespräch stockte, auf die Sträucher und Blumen und erklärte, was ich über ihre Arten wußte. Ungestört konnten wir miteinander sprechen, und wenn andere Patienten vorbeikamen, denen man ansah, warum sie in der Klinik leben mußten, zweifelte ich, ob Hertha es überhaupt verdiente, hier zu sein. Zuletzt setzten wir uns auf eine der Bänke zwischen den Platanenstämmen.

Hertha hatte ein erstaunliches Gedächtnis. Sie erinnerte sich an Vorgänge unserer Kinderjahre, die mir schon entfallen waren. Sie fragte nach meinen Geschwistern, und manchmal sprach sie ohne Emotionen über ihre Eltern. Hauptsächlich jedoch brachte sie Klagen vor über die Behandlung, unter der sie litt. Über den Arzt zum Beispiel, der ihr Tabletten aufdränge, die eine schädliche Wirkung ausübten. Tagsüber sei sie todmüde, und in der Nacht liege sie wach und fürchte sich vor etwas, was sie nicht beschreiben könne.

»Du wirst gesund werden, und dann hole ich dich hier raus«, sagte ich, sie zu beruhigen und ihr Hoffnung auf eine baldige Entlassung zu machen; auch weil ich selber es wünschte.

Hertha beklagte sich erregt über eine der Wärterinnen. Zu ihr sei sie viel schroffer als zu allen anderen Patientinnen. Sie suche geradezu nach Gründen, sie anzuschreien und zurechtzuweisen. Ungebildet sei diese Wärterin, frech, dumm, vulgär.

Ob sie sich nicht zu einer der leichten Arbeiten, die von der Klinikleitung angeboten würden, entschließen wolle, fragte ich vorsichtig. Nein, dazu habe sie keine Lust, sagte Hertha. Schließlich bezahle sie selber ihren Aufenthalt; vom Geld, das die Eltern ihr hinterlassen und in Obligationen sicher angelegt hätten.

»Eine alberne Beschäftigung, Kuverts zu falten, Bastkörbchen zu flechten«, sagte sie.

Wir lachten.

Als ich mich verabschiedete, fragte sie, wann ich wiederkäme. Meine Besuche waren ihr also nicht gleichgültig, und ich freute mich darüber.

Sie nannte ein paar Dinge, die ich mitbringen sollte: eine Nagelfeile, einen Spiegel, ein bestimmtes Shampoo für ihr Haar, das so fettig sei. Beim dritten Besuch wünschte sie einen Zeichenblock, Buntstifte und Briefpapier, hellblaues.

Dieser Wunsch erinnerte mich an die Brieflein, die sie mir als Schulmädchen schon geschrieben hatte, auf hellblauen Bögen. Die korrekten Zeilen in Tinte waren an den Rändern mit Buntstiftzeichnungen, Blumen und Vögeln verziert. Also sehnte sich Hertha doch nach einer Tätigkeit. Auch das ein erfreuliches Zeichen.

Bei meinem Besuch Anfang Oktober – von den Platanen schwebten die ersten Blätter auf den Alleeweg – beschwerte sich Hertha wieder und erregter noch über jene Wärterin. Sie macht mir das Leben zur Hölle, sagte sie wörtlich; und abscheulich habe sie sich aufgeführt beim Erntedankfest.

»Ein Erntedankfest? Hier?« fragte ich verwundert.

Am Sonntag nach Michael habe man es gefeiert, erzählte Hertha. Die Männer, die im Garten arbeiteten, hätten vor den Altar in der Kapelle eine schöne Pyramide aus Erd- und Baumfrüchten, Blumen und herbstlichen Blättern aufgebaut. Hinterher hätten sie einen Umzug durch den Park veranstaltet. Sie sei als Erntejungfrau ausgewählt worden, habe ein weißes Kleid getragen und einen Kranz im Haar. Als sie aufsteigen wollte auf den Erntewagen, habe die Wärterin jähzornig sie heruntergezerrt. Zu Fuß habe sie neben dem Wagen gehen müssen, gedemütigt.

Hertha hatte nie gelernt, etwas zu teilen mit Geschwistern, Freunden oder Freundinnen, wie ich es gelernt hatte in einer kinderreichen Familie und später im Internat. Trotzdem, auch ich entrüstete mich über jene Wärterin, weil sie Hertha das schöne Erntedankfest verdorben hatte. Ich versprach ihr, beim nächsten Besuch der Wärterin unter vier Augen energisch ins Gewissen zu reden.

»Als Vormund bin ich dazu verpflichtet«, sagte ich.

Ich habe Wort gehalten. Ich saß der Wärterin in ihrem Büro etwa zwanzig Minuten gegenüber. Eine kalte, von ihrem Beruf verhärtete Person. Sie ihrerseits beklagte sich über meine Cousine. »Die Prinzessin auf der Erbse«, wie sie sagte, sei eine der schwierigsten Patientinnen, die sie in ihren achtundzwanzig Dienstjahren betreut habe. Sie sei launisch, egoistisch, hinterhältig, lasse alles liegen und fallen, weil sie die Wärterinnen für dumme Puten und sich selbst für was Besseres hielte. Die Strafe beim Erntedankfest sei eine gerechte gewesen. Meine Cousine habe die andere Patientin, die ausgesprochen schüchtern sei, beim Aufsteigen auf den Erntewagen beiseite geschubst. Übrigens – aber das sei ihre ganz private Meinung – hielte sie meine Cousine für gar nicht so verrückt, wie sie tue; sie sei einfach schlecht erzogen; vor allem faul, stinkfaul.

Der Bericht der Wärterin klang massiver, weil sie ihn in ihrer einheimischen Mundart vorbrachte. Sie klang wirklich nicht angenehm, und für mich war es doppelt schwer, in meiner Sprache und in einem ruhigen Ton darauf zu antworten. Ich holte weit aus, versuchte der Wärterin die Herkunft und Erziehung Herthas zu erklären, um damit Verständnis in ihr zu wecken. »Seien Sie nachsichtig, seien Sie etwas freundlicher zu meiner Cousine«, so ungefähr beschloß ich das unangenehme Gespräch.

Die Wärterin begleitete mich in den Flur; sogar in Herthas Zimmer. Hertha blickte verwundert auf, als sie uns nebeneinander eintreten sah. Die Wärterin begrüßte Hertha und die andere Frau laut und fröhlich, als hätte sie nach meiner Vorsprache gute Vorsätze gefaßt.

Beim nächsten Besuch, im November – wir gingen nebeneinander die Allee hinauf –, überraschte mich Hertha mit einem Geständnis, auf das ich nicht gefaßt war.

Sie sagte: »Ich habe mich verliebt!«

Meine Verwunderung zu verbergen, sagte ich: »Komm, setzen wir uns, auch wenn es schon kalt ist.«

Die Bank war naß vom Novembernebel. Ich zog meinen Dufflecoat aus – damals kamen diese Mäntel in Mode – und breitete ihn über den Sitz für uns beide.

»Wo und wer ist der Mann?« fragte ich forsch.

Hertha erzählte der Reihe nach: einmal im Monat gebe es Beichtgelegenheit in der Kapelle. Ein junger Kaplan von der Stadtkirche käme herauf, sie abzunehmen. Auch andere Patienten, Wärterinnen und Wärter, die katholischen, gingen hin. Der Herr Kaplan sei sehr beliebt; sähe gut aus, habe eine angenehme Stimme. Er spreche sie im Beichtstuhl mit dem Vornamen an, was sie sonst nicht so gern habe. Sie stottere dann, das Herz bleibe ihr fast stehen. Am

Beichtstuhl sei nur der Familienname des Kaplans angeschrieben, mit List und Tücke habe sie seinen Vornamen herausgebracht.

»Herbert heißt er«, sagte sie. »Ein schöner Name.«

Ich höre gern zu, wenn andere mir gestehen – auch wenn die Schilderungen und die Wörter sich wiederholen –, daß und wie verliebt sie sind. Auf Herthas Geständnis war ich jedoch nicht gefaßt. Ein Kaplan, der an das Zölibat gebunden war, wie sollte er die Zuneigung erwidern? Und selbstverständlich wußte er, welche Beichtkinder vor ihm knieten, und welche Wahnvorstellungen sie überfallen konnten.

Gab es im Leben Herthas, überlegte ich, früher so etwas wie ein Liebeserlebnis? Nur eines fiel mir ein, das traurig ausging. In unserem Dorf hatte sie einen jungen Mann kennengelernt; einen Mechaniker, der in einer Autowerkstatt arbeitete. Wilhelm hieß er. Ein netter, aufgeweckter Junge mit rehbraunen Augen. Er gefiel ihr, und Wilhelm bewunderte Hertha, das Mädchen aus der Stadt. Als sie wieder daheim war, kam er auf seinem Motorrad angebraust und stand erwartungsvoll, in einer Lederjacke mit Reißverschlüssen, vor der Tür. So sehr Hertha sich freute, so verwirrt war ihre Mutter. Sie trug

Kaffee und Linzer Torte auf. Hinterher nahm sie Wilhelm mit in die Küche und erklärte ihm in wahrscheinlich schwer verständlichen Umschreibungen, es hätte keinen Zweck, mit ihrer Tochter ein Verhältnis anzufangen.

Der verstörte Wilhelm ließ nie mehr von sich hören.

An jenem unfreundlichen Novembertag sah Hertha wie verwandelt aus. Ihre Frisur war sorgfältig gelegt, und der blaue Wintermantel, in dessen Ausschnitt ein gelber, buntbedruckter Schal geknotet war, stand ihr besonders gut. Wie schade, daß der Mann, den sie anschwärmte, nicht ein Wärter oder ein Arzt war, der mit ihr ein wenig hätte tändeln dürfen, ohne ihr allzu große Enttäuschungen zu bereiten.

Sie küßte mich zum Abschied, was noch nie vorgekommen war. Sie blieb auf der Steintreppe vor dem Eingang stehen und winkte, während ich das Auto hinaus zur Straße lenkte.

In meinen Grübeleien über Herthas Geständnis kam mir der Gedanke, ich könnte den jungen Kaplan aufsuchen und mit ihm sprechen; so wie ich, anscheinend nicht erfolglos, mit jener verrohten Wärterin gesprochen hatte. Aber was sollte ich sagen? In welchem Sinne den Priester, der mir fremd war, beeinflussen?

Im Internat hatte ich drei Mitschüler, die später Priester werden wollten. Strebsame Jungen, die aus kleinen Schwarzwalddörfern kamen, mit besten Noten in Latein und Griechisch, in Religion und Betragen. Die Erinnerung an sie nahm mir etwas von der Scheu, dem Herrn Kaplan einen Brief zu schreiben und ihn um eine Unterredung zu bitten.

Ich wußte noch nicht, was ich sagen wollte, als ich im Pfarrhaus neben der Stadtkirche die Klingel zog, und die Tür sich öffnete. Die Haushälterin schickte mich die Treppe hoch ins Obergeschoß, wo der Kaplan mich erwartete und aufforderte, ihm in sein Zimmer zu folgen.

Ein spartanisch eingerichtetes Zimmer. Ein Regal voller Bücher mit theologischen Titeln, ein Kruzifix über dem Schreibtisch und eine Madonnenstatue auf einer vergoldeten Konsole.

Der Kaplan bot mir, kaum hatten wir uns gesetzt, eine Orientzigarette an. Er selber entzündete sich eine und zog genüßlich, als sei er ein heimlicher Raucher.

Er war etwa so alt wie ich. Man hätte ihn jedoch für älter schätzen können. Sein Haar setzte hoch über der Stirn an, wuchs dünn und spärlich, und man konnte voraussehen, daß der Kopf bald kahl wäre. Ja, ich konnte mir vorstellen, daß die Frauen ihn gern anschauten, wenn er im goldbestickten Meßgewand am Altar stand oder mit der Alba bekleidet auf der Kanzel predigte. Er hatte eine angenehme Stimme; sprach in schöner Tonlage ein korrektes Hochdeutsch, das meine Landsleute mehr beeindruckte als der Tonfall eines einheimischen Priesters.

Bald kam der Kaplan zum Thema. Er sagte: »Es ist schön, daß Sie als Vormund um Ihre Cousine besorgt sind. Sie braucht Hilfe von vielen Seiten.«

Ich sagte, wie lang ich Hertha schon kannte, und es sei viel zu wenig, was ich für sie tun könne als sporadischer Besucher in der Klinik.

»Als Beichtvater«, sagte der Kaplan, »schaut man den Beichtkindern ins Herz. Aber man darf darüber nicht sprechen.«

»Ich weiß«, sagte ich, »der heilige Nepomuk und die Moldau –«

Die Unterhaltung war angenehm.

Wie damals der Wärterin, erklärte ich dem Kaplan die Herkunft und Erziehung Herthas. Er, nahm ich an, kam aus einem harmonischen Elternhaus. Er machte den Eindruck, dem Leben eher zu- als abgeneigt zu sein. »Sie war nicht nur ein Einzelkind«, sagte ich, »auch ein sehr spätes Kind.«

»Sie wirkt aufgeweckt«, sagte der Kaplan, »intelligent und interessiert, weitaus mehr als meine anderen bedauernswerten Beichtkinder. Und gerade die Frauen in der Klinik haben es so schwer.«

So nahe der Kaplan jetzt meinen Gedanken war – unmöglich, ihm Herthas Gefühle zu verraten. Doch etwas – deshalb war ich schließlich gekommen – wollte ich dennoch erreichen, Hertha zuliebe, die weniger einsam sein sollte, und der dieser junge Kaplan, der mir gegenübersaß, mehr geben könnte als ich, ihr Cousin, oder irgendein anderer Mensch.

Ob er auch außerhalb des Beichtstuhls für die Betreuung der Patienten in der Psychiatrischen Klinik verantwortlich sei, fragte ich unverdächtig.

Er sagte, der Herr Stadtpfarrer sei amtlich dafür bestimmt, doch er sei überlastet, schon etwas geschwächt durch sein biblisches Alter.

»Tun Sie es!« sagte ich etwas zu emphatisch.

Lieber hätte ich gesagt, seien sie nett zu ihr, kommen sie ihr entgegen, umarmen sie sie mal kräftig! Ich sagte abgeschwächt: »Es ist sicher eine Hilfe für meine liebe Cousine, wenn Sie sie spüren lassen, daß sie beachtet wird.« Wenn er ab und zu, ergänzte ich, außerhalb des Beichtstuhls mit ihr spreche, sie in ihrem Zimmer aufsuche. Solche Unterbrechungen ihres monotonen Daseins habe sie dringend nötig.

Ich hatte anscheinend nicht zuviel gefordert. Kaplan Herbert – wie ich ihn schon bei mir nannte – sagte, er werde an meine Bitte denken, und, wenn es seine Zeit erlaube, bei meinem Mündel reinschauen. Er tue es auch bei anderen Patienten. Er nehme sich fest vor, Fräulein Hertha bald aufzusuchen und ein wenig mit ihr zu plaudern.

Er hat Wort gehalten. Ich erfuhr es in einem Brief Herthas drei Wochen später. Ein Brief, auf hellblauem Papier, die Ränder verziert mit Buntstiftzeichnungen, Blumen und Vögeln. Es gehe ihr gut, schrieb sie, Kaplan Herbert habe versprochen, sie in der Adventszeit wieder zu besuchen.

Auch darüber wurde ich unterrichtet in Herthas nächstem Brief. Kaplan Herbert habe ihr ein Buch geschenkt, die Geschichten Großer Heiliger von Walter Nigg, in denen sie jeden Abend lese. Eine Adventskerze und Tannenzweige habe er mitgebracht. Sie vermisse ihren Vormund, schrieb sie ironisch, überhaupt nicht. Ein leiser Vorwurf auch, weil ich meinen Besuch im Dezember nicht eingehalten hatte. Ich saß über meiner schriftlichen Examensarbeit. Ich konnte die Besuche deshalb auch im Januar und Februar nicht wahrnehmen.

Die erfreuliche Wirkung, die Kaplan Herbert ausübte, sah ich nochmal, als ich mit Hertha in den ersten Märztagen im Park den gewohnten Spaziergang unternahm und neben ihr auf einer der Bänke ausruhte.

Herthas Gedächtnis hatte alles gespeichert, was Kaplan Herbert gesagt hatte. Nie vorher war sie gesprächiger. Er kümmere sich liebevoll um sie, sagte sie.

Hertha war glücklich. Ihre Augen, ihr Aussehen spiegelten es wider. Und wie verräterisch, sie wollte nichts davon hören, als ich kurz vor dem Weggehen sagte, ich denke daran, sie im Laufe des Jahres, spätestens im Oktober, nach Hause zu holen. Für das viele Geld, das ihr Aufenthalt in der Klinik koste, könnten wir uns eine Pflegerin oder Zugehfrau leisten.

Nein, in ihr Haus wolle sie auf keinen Fall zurückkehren. Sie fürchte sich, dort allein und einsam zu sein wie früher.

Alles schien gutzugehen. Das Staatsexamen war überstanden und bestanden. Ich konnte mir eine längere Pause leisten – damals gab es freie Stellen genug –, sogar an Ferien konnte ich denken. Im Tessin wollte ich sie verbringen; die Eltern einer Freundin hatten im Maggia-Tal ein Chalet, das oft monatelang leer stand.

Ich war erleichtert, auch wegen Hertha, bis Mitte April ein Brief aus der Klinik mich aufschreckte. Der Chefarzt hatte ihn unterzeichnet. Er schrieb, Herthas Zustand habe sich seit vier Wochen rapid verschlechtert. Man müsse sich ernsthaft um sie sorgen. Man habe Schocktherapien verordnen müssen. Vor einem Selbstmordversuch habe eine Wärterin sie gerade noch zurückhalten können. Hertha sei in den U-Bau verlegt worden, wo eine strengere Überwachung, wie sie sie jetzt bedürfe, gewährleistet sei.

Hatte der Kaplan dabei eine Rolle gespielt? Hatte er nicht mithelfen können, diese schlimme Wendung zu verhindern? Sein Name kam im Brief des Chefarztes nicht vor.

Am Tag darauf fuhr ich in die Klinik nach A. Mein Besuch verlief anders als die Besuche vorher. Der Chefarzt, mit dem mich der Pförtner am Telephon verbunden hatte, erlaubte mir, zehn Minuten mit Hertha zu sprechen. Hinterher sollte ich bei ihm vorbeikommen, sagte er.

Als müßte ich mich bücken, ging ich durch den Eingang des U-Baus. Man schickte mich in einen Ordinationsraum, und eine Wärterin, die ich noch nie gesehen hatte, führte Hertha herein. Sie senkte den Kopf, als wolle sie mich nicht mal anschauen. Sie trug eine Art Anstaltskleid, ein blauweiß gestreiftes, das ihr viel zu weit war.

An einem quadratischen Tisch saßen wir uns gegenüber. Die Wärterin hatte sich vor der Tür postiert. Ein Schlüsselbund hing vor ihrer gestärkten Mantelschürze, und die Tür neben ihr war ohne Klinke.

In einem Film hatte ich einmal eine solche Szene gesehen, und nun saß ich selber mitten drin.

»Kommt Kaplan Herbert dich besuchen?« fragte ich, um die Apathie, in die Hertha sich verschlossen hatte, aufzustoßen.

Sie gab keine Antwort.

»Ich habe ihn besucht, im Pfarrhaus, unten in der Stadt –«

»Ich hasse ihn«, stieß Hertha hervor.

Wie eine Fremde saß sie mir gegenüber, als hätte es meine Besuche vorher und unsere Gespräche und Spaziergänge im Park nie gegeben.

»Ich habe dir Pralinen mitgebracht, Sarotti, die du so gern hast.«

Sie preßte die Lippen zusammen, daß es beängstigend war.

Bald wußte ich nicht mehr, was ich noch sagen oder fragen könnte. So ließen sich nicht mal die zehn Minuten nutzen, die unserem Gespräch eingeräumt waren.

»Ich geh' jetzt«, sagte ich. Hertha stand rasch vor mir auf, als wünsche sie es, daß ich endlich ginge.

Die Wärterin öffnete die Tür und ließ Hertha vorausgehen.

Beim Chefarzt erfuhr ich, was sich ereignet hatte.

Er ließ mich, obgleich er mich doch herbestellt hatte, im Vorzimmer warten. Hinter der Tür hörte ich ihn ein Telefongespräch führen, gutgelaunt, großsprecherisch.

Die Stimme eines älteren Herrn.

Wahrscheinlich war er auch schon vor zehn Jahren hier Chefarzt gewesen; damals, als die Praktiken der Euthanasie angewendet wurden und es hier in der Psychiatrischen Anstalt von A. keine Patienten mehr gab, und alle, die in der Nähe wohnten, wußten, was mit ihnen geschah, und hießen es gut.

Warum mußte ich so lang hier warten? In diesem Vorzimmer, in dieser Anstalt, wo Elend und Beklemmung die Räume und Flure, selbst draußen den Park erfüllten?

Sein Alter und sein Aussehen entsprachen meiner Vorstellung. Ein grauhaariger Herr, um die sechzig. Sein Kinn und die rechte Wange waren überzogen von einem Netz von Narben. Er hatte in seiner Jugend einer schlagenden Verbindung angehört. Studenten, die meinten, ihren Mut und ihre Männlichkeit auf dem Fechtboden beweisen zu müssen, und die nun lebenslang ihre von Schmissen verunstalteten Gesichter umhertrugen.

Tatsächlich war der Kaplan an Herthas akuter Veränderung beteiligt gewesen, ohne daß man ihm eine Schuld hätte zuweisen können. Er wolle, hatte er dem Chefarzt eines Tages mitgeteilt, die Patientin Hertha nicht mehr besuchen. Ja, er sollte ihr sogar verbieten, zur Beichte in die Kapelle zu gehen.

Sie sei, sagte der Chefarzt, zudringlich geworden. Sie habe den Kaplan mit Briefen belästigt – so hatte er sich geäußert –, die zu zitieren er sich schäme. Nun, der fromme, weltfremde Kaplan, meinte der Chefarzt, sei sicher etwas zimperlich, wogegen er, als abgebrühter Irrenarzt, mit ganz anderen und viel massiveren Zudringlichkeiten verrückter Frauenspersonen seine Erfahrungen habe.

Er lachte, und es gefiel mir nicht, wie er lachte.

Dann sagte er ernst: »Ihr Mündel, junger Mann, ist schwer, schwer krank. Auch ich bin überrascht.«

Er hätte in den ersten Monaten, wenn er die Befunde studierte oder bei Visiten mit ihr geplaudert habe, geglaubt, bald die Entlassung empfehlen zu können. Davon könne im gegenwärtigen Stadium keine Rede mehr sein. Die Schizophrenie sei offenkundig; in einer akuten Phase zum Schlimmeren.

Ich fuhr zurück in die Stadt. Ich war von dem, was ich an diesem Tag gesehen und gehört hatte, wie gelähmt. Hertha schien unrettbar verloren zu sein, und ich war daran nicht schuldlos. Ich hatte ihr die Illusionen nicht ausgeredet, hatte sie sogar in Bewegung gesetzt und gesteigert durch meine animierende Fürsprache beim jungen Kaplan. Selbst einen Gesunden – heute weiß ich es – kann es zerschmettern, wenn seine Liebe nicht erwidert wird.

Nein, ich durfte nicht weiterhin Herthas Vormund sein. Ich schrieb einen Brief an das Amtsgericht in H., um mich davon zu befreien. Die eigentlichen Gründe ließ ich unerwähnt. Ich schrieb – obgleich es noch gar nicht sicher war –, ich hätte Aussicht, eine Anstellung zu bekommen in einer Stadt im Norden, und könne daher die Verpflichtungen meiner Vormundschaft nicht mehr erfüllen, wie sie gerade jetzt, bei der Verschlimmerung des geistigen Zustandes meines Mündels, erforderlich wären.

Drei Monate später wurde vom Amtsgericht ein anderer Vormund bestellt. Er war älter und reifer, aber ganz sicher weniger gefühlvoll als ich.

»Arme Hertha.«

Immer wieder sagte ich es vor mich hin.

# Schritte in der Nacht

Gegen 24 Uhr, als ich im Kassenraum die Aushangbilder zusammenpackte – »Die Schlacht am Apachenpaß« lief in Spätvorstellung –, hörte ich Herrn Schneider vor der Tür zu jemandem sagen:

»– das Luxor stoß' ich so bald wie möglich wieder ab.«

Er ging ins Apollo-Stübchen und trank den Cognac, den Kitty auf der Bartheke hinschob, ohne sich zu setzen, in einem Zug leer.

Frau Dickgießer und ich sahen uns an. Wahrscheinlich hatten wir denselben Gedanken:

»– *wir* behalten unseren Job!«

Das Apollo hatte noch immer mehr Zulauf als alle anderen Kinotheater, die Herrn Schneider gehörten.

Eine gute Lage. Die Spätvorstellungen am Samstagabend und die Kinder- und Jugendvorstellungen am Sonntagnachmittag waren immer noch gerammelt voll.

Von Anfang an hatte Herr Schneider gerade mit dem Luxor Ärger.

Ein Jahr vorher hatte er es eröffnet, obwohl er

wußte, zwei Straßen weiter war das Alhambra als Konkurrenz zu erwarten.

Herrn Erhardt gehörte das Alhambra. Nach dem Krieg hatte er es von seinem Schwiegervater übernommen – und nun fürchtete er seinerseits die Konkurrenz.

Er kam ihr zuvor, stellte auf Breitwand um, ließ den Zuschauerraum nach hinten verlängern und gewann so Platz für 700 Sitze. Das waren 250 Sitze mehr als im Luxor.

Die Filmverleihe erteilten der Sitze wegen dem Alhambra das Recht der Erstaufführung, und an den Wochenenden war dort jede Vorstellung ausverkauft; erst recht, wenn ein neuer Heimatfilm anlief.

Sechs Kinotheater, das Luxor noch mitgezählt, gehörten Herrn Schneider in seiner besten Zeit. Drei, das Apollo, das Capitol und die Kurbel in der Stadt, die Scala in einem Industrievorort und der Filmpalast in einem Dorf in der Rheinebene.

Die Vorführer, die Kartenverkäuferinnen, die Platzanweiserinnen und Fräulein Schröter, das im Büro hinter dem Apollo die Bücher führte und Briefe tippte, arbeiteten schon lange für Herrn Schneider.

Er war beliebt. Er lebte gern und ließ die anderen leben.

Manchmal wirkte er etwas hektisch und war nicht immer gleichbleibend gut gelaunt.

Vielleicht ärgerte er sich nicht nur über die Konkurrenz des Alhambra; er machte sich Sorgen, wie es weiterging mit seinen Kinotheatern und den Kinotheatern überhaupt.

Immer mehr Leute kauften sich Fernsehapparate und kamen dann nicht mehr.

»– das Fernsehen, diese Pest«, sagte Herr Schneider.

Er war verheiratet, hatte drei kleine Töchter, die noch nicht zur Schule gingen.

Er hatte aber auch Freundinnen, mehrere zur selben Zeit.

Alle wußten es, auch seine Frau, die sich jedoch nie etwas anmerken ließ.

Mannequins oder Mädchen, die liebend gern Mannequins werden wollten, bevorzugte Herr Schneider.

Sie kleideten sich nicht nur nach der Mode, sie waren durchweg hübsch, etwas hochnäsig und gaben sich bestimmt nicht mit einem älteren Mann ab, der ihnen nichts hätte bieten können.

Auch Kitty war früher ein Mannequin gewesen. Im Kaufhaus »Engelhorn & Sturm« oder einem der anderen großen Kaufhäuser in Mannheim soll sie Sommermode '52 vorgeführt haben.

Wenn darauf die Rede kam, sagte Frau Dickgießer mit ihrer lauten Stimme:

»– die, nie und nimmer kann ich mir die vorstellen auf dem Laufsteg.«

Kitty war schon etwas verblaßt und für ein Mannequin zu füllig in den Hüften.

Sie konnte froh sein, daß Herr Schneider ihr das Apollo-Stübchen vermietet hatte, und daß sie es in eigener Verantwortung führen durfte.

Vor und nach den Vorstellungen gingen immer ein paar Kinobesucher hinein, um etwas zu trinken, und jüngere Leute, um mit Kitty zu flirten.

Doch sie hatte einen festen Freund. Henry hieß er oder nannte sich so. Bei den Amerikanern in der General-Patton-Kaserne hatte er einen festen Job.

Er wurde beneidet, daß er im PX einkaufen durfte, und wahrscheinlich hat er einen kleinen Handel betrieben mit Zigaretten oder Kaffeepulver.

Buffalo-Bill-Hemden trug er, Levys und Texasstiefel mit abgeschrägten Absätzen.

Kurz vor der Polizeistunde, gegen 1 Uhr, kreuzte Henry im Apollo-Stübchen auf, setzte sich auf den äußersten Barhocker und trank Coca-Cola aus der Flasche.

Wenn der letzte Gast gegangen war, fuhren sie

zusammen weg, Kitty und Henry, auf seiner Horex.

Ich war verantwortlich für das Apollo und die Kurbel, und wenn Not am Mann war, auch für alle anderen Kinotheater.

Wenn etwas zu reparieren, wenn etwas neu anzustreichen war, schickte Herr Schneider mich hin, und wenn es eine kompliziertere Sache war, packte er selber mit an.

Ich brachte die abgespielten Filme zum Bahnhof und holte die neuen ab. Die Beamten kannten mich schon.

In den Geschäften der Umgebung hängte ich die Plakate in die Schaufenster und dekorierte die Schaukästen.

Nichts machte ich lieber.

Ich suchte die Aushangbilder aus, die mir gefielen. Liebes- und Kußszenen, und Cowboys, die durch die Wüste ritten oder wild um sich ballerten in den Saloons.

Alle plagten mich, ihnen Photographien ihrer Lieblingsstars zu besorgen.

Wenn das so leicht gewesen wäre.

Die Verleihe schickten zwanzig oder dreißig Aushangbilder, genau so viele, wie auf dem Begleitschein aufgeführt waren. Fehlte eins, kam die Rechnung dafür.

Aber nicht immer haben sie genau gezählt oder sie haben selber zwei, drei zuviel dazu gelegt.

Ich bekam eine ganze Sammlung zusammen.

Ewald, der Vorführer in der Kurbel, der schon über vierzig war, wollte Photos von Marianne Hold, Heidi Brühl, Jutta und Isa Günther.

In seinem Vorführraum, rechts, wenn man hineinkam, war die Wand gepflastert mit diesen minderjährigen Mädchen.

Als ich Ewald eine Photographie von Marion Michael schenkte, sagte er:

»– genau meine Kragenweite.«

In »Liane, das Mädchen aus dem Urwald« hatte Marion Michael gespielt. Sie trug nur einen Fetzen am Leib und lange Haare, wie Eva im Paradies.

Auf dem Photo sah man, wie Marion Michael den Stamm einer Palme hinaufkletterte, und was dran war an ihren Schenkeln und ihrem Hintern.

Kitty konnte ich mit Photos von Ivan Desny beglücken.

»– der, wenn mal ins Apollo-Stübchen käme!«, sagte sie und verdrehte die Augen.

Drei Ivan Desnys habe ich ihr besorgt, habe sie in Chromleisten gerahmt und gegenüber der Bartheke aufgehängt.

Ich sammelte Photos von Alan Ladd, Audie Murphie, John Wayne, Randolph Scott, Stewart Granger und anderen.

Und Photos von Anne Baxter, Olivia de Havilland und Rita Moreno.

Rita Moreno in »Fort der Rache« war mein Typ.

Wildwestfilme gefielen mir überhaupt am besten. Von mir aus hätte es gar keine anderen Filme geben müssen.

Oder Abenteuerfilme mit Segelschiffen, mit Kapitänen, Matrosen, Piraten, und wie sie die Segelschiffe kaperten.

Selten sah ich einen Film vom Anfang bis zum Ende an. Ich war unterwegs, der Fox-Tönenden-Wochenschau wegen.

Zwischen dem Kulturfilm und dem Hauptfilm lief in den Kinotheatern, die Herrn Schneider gehörten, jeweils die Fox-Tönende-Wochenschau.

Für die Vorführer und mich war das eine Filmrolle in einem schiefergrauen Karton.

*Zwei* Filmrollen hätten es sein müssen für die Kurbel und das Capitol, doch Herr Schneider hatte, um die Leihgebühr zu sparen, nur *eine* Filmrolle bestellt, und ich war dafür da, sie hin und her zu transportieren zwischen der Kurbel und dem Capitol.

Und so schnell wie möglich, und immer pünktlich.

Wenn in der Kurbel um 19 Uhr 30 die Vorstellung begann, und gegen 20 Uhr die Fox-Tönende-Wochenschau auslief, wartete ich schon hinter der Maschine, bis Ewald mir die Rolle in die Hand drückte. Ich raste die Treppe runter, packte den Karton auf den Fahrradständer, und los ging's Richtung Apollo, zweieinhalb Kilometer.

Ich radelte durch Wind und Wetter, hätte immer pünktlich ankommen können, wäre auf halbem Weg nicht gerade die Bahnschranke niedergegangen.

Der Eilzug Heilbronn–Saarbrücken rauschte um 20 Uhr 13 vorbei, aber nicht immer fahrplanmäßig.

Schlimmer noch, wenn zusätzlich ein Güterzug, der anscheinend an keinen Fahrplan sich halten muß, vorbeiratterte, endlos, mit seinen vierzig, fünfzig Waggons, und wenn er dann noch ausgerechnet zwischen den Schranken anhielt, weil das Signal vor der Einfahrt zum Bahnhof auf Rot stand.

Richard, der Vorführer im Apollo, wo die Vorstellung um 20 Uhr begonnen hatte, wußte sich zu helfen. Er drehte, wenn ich nach dem Kulturfilm noch nicht sichtbar war, die Saalbeleuchtung an und legte zur Beruhigung der Zuschauer eine Platte auf.

»Wenn in Capri die rote Sonne im Meer versinkt«, gesungen von dem Tenor Rudi Schuricke, war damals sein Lieblingsschlager.

Das Programm, das Herr Schneider in seinen sechs Kinotheatern anbot, war gemischt: Western, Abenteuerfilme, Revuefilme, Lustspiele, Kriminalfilme, deutsche und amerikanische.

Herr Schneider wußte, was die Leute sehen wollten.

Heimatfilme machten damals volle Kassen, auch wenn sie in Zweit- oder Drittaufführung liefen.

Als in der Kurbel »Hochzeit auf Immenhof« anlief, haben sich die Leute, die es kaum erwarten konnten, vor der Freitagabendvorstellung fast totgedrückt. Die Scheiben der Außentüren gingen zu Bruch, und eine Frau aus dem Pfaffengrund hat sich die Hände an den Scheiben zerschnitten.

»Mädels vom Immenhof«, »Der Förster vom Silberwald«, »Der Meineidbauer«, Heimatfilme, die vorher gespielt worden waren, sollen noch erfolgreicher gewesen sein.

Frau Dickgießer erinnerte sich an den Ansturm, als »Grün ist die Heide« und »Rosen blühen auf dem Heidegrab« liefen.

»– unschlagbar war und ist ›Das Schwarzwaldmädel‹«, schwärmte sie.

Damals, als »Das Schwarzwaldmädel« Millionen Kinobesucher anlockte, ging ich noch zur Schule. Ich durfte die Kinder- und Jugendvorstellung am Sonntagnachmittag besuchen. »Tarzan« mit Johnny Weissmuller war das höchste der Gefühle.

Jeden Montagvormittag fuhr Herr Schneider in seinem Fiat über die Autobahn nach Frankfurt am Main. Er besuchte dort die Filmverleihe, um die Verträge auszuhandeln und die Termine festzulegen.

Anscheinend fuhr er so weite Strecken nicht gern allein. Manchmal nahm er eine seiner Freundinnen mit oder seine Frau und das älteste Töchterchen.

Einmal hat er mich mitgenommen.

»– Frankfurt ist wie Chicago«, sagte er, als wir nach den Messehallen in eine breite Straße einbogen, wo der Verkehr brauste.

In den Büroräumen konnte ich sehen, wie Herr Schneider verhandelte mit den Damen und Herren der Filmverleihe, der Gloria, der Columbia, der Tobis, der Constantin und wie sie alle hießen.

Eine Dame in einem flotten Kostüm und einer

riesengroßen Hornbrille begrüßte Herrn Schneider überfreundlich, und er küßte ihr die Hand.

Hinterher, als wir in einem Paternoster ein paar Stockwerke höher ruckten, wo der Universal-Filmverleih seine Büros hatte, sagte Herr Schneider:

»– das war die berühmte Kubaschewsky. Die sitzt jetzt auf dem hohen Roß mit ihren Heimatfilmen.«

In einem Café in der Taunusstraße traf sich Herr Schneider um die Mittagszeit mit anderen Kinotheaterbesitzern.

Für mich bestellte er beim Kellner ein Kännchen Kaffee und zwei gezuckerte Berliner.

In der Ecke, an einem runden Marmortischchen, saßen drei Dämchen. Sie qualmten wie die Schlote. Sie hatten die Beine übereinandergeschlagen und ließen die Zehen und die Sandaletten wippen.

Als Herr Schneider merkte, daß ich hinsah, sagte er so laut, daß es seine Kollegen hören sollten:
»– die Nitribitts sind auch schon geschäftlich unterwegs.«

Nein, das waren keine Mannequins.

Herr Schneider wurde unruhig. Wahrscheinlich hatte er eine Verabredung und wollte mich los sein.

Bis 16 Uhr, sagte er, soll ich mich allein in der Stadt herumtreiben und pünktlich zurückkommen und vor dem Café auf dem Trottoir warten.

In der Moselstraße waren Bars, Cabaretts, Lokale, eines neben dem anderen. Die Neonreklamen brannten, obwohl die Sonne schien. Türsteher wollten alte und junge Männer hineinlocken, und aus den Eingängen dröhnte Musik.

Ich ging zur Kaiserstraße und weiter, wie es mir gefiel. Ich guckte Schaufenster an, wenn Autos oder Motorräder ausgestellt waren.

An einem italienischen Eiswagen kaufte ich eine große Portion Vanille- und Erdbeereis und setzte mich auf eine Bank.

Auch den Main habe ich gesehen.

Frankfurt hat mir gefallen.

Kurze Zeit später, als Herr Schneider wieder am Montagabend zurückkam, sagte er im Apollo-Stübchen, daß er in Frankfurt Richard Basehart getroffen hat.

Ausführlich erzählte er es Kitty und mir und anderen, die an der Bartheke saßen.

Richard Basehart, der amerikanische Filmschauspieler, war nicht so bekannt wie Clark Gable oder Garry Cooper, aber alle, die ihn in dem Film »Schritte in der Nacht« gesehen haben, waren begeistert von ihm.

Die Hauptrolle hat er gespielt in »Schritte in der Nacht«, den Einbrecher Roy Martin, und die Polizei hat ihn verfolgt durch die Abwässerkanäle von Los Angeles, länger als eine halbe Stunde.

Er hätte sich retten können, aber als er den Schacht erreichte, aus dem er steigen wollte, parkte über ihm ein Auto, und die Polizisten knallten Roy Martin zusammen.

Mehr als zehnmal habe ich diesen Schluß in »Schritte in der Nacht« gesehen, und immer war es spannend.

Im Konzertcafé »Kranzler« in Frankfurt am Main hat Herr Schneider Richard Basehart gesehen. Allein saß er an einem Tisch, und Herr Schneider, so hat er erzählt, ist zu ihm hingegangen und hat gesagt:

»– Sie sind Richard Basehart!«

Der war erstaunt, daß ein Deutscher ihn erkannt und angesprochen hat. Er hat sich gefreut und Herrn Schneider eingeladen, Platz zu nehmen an seinem Tisch.

Herr Schneider hat Richard Basehart gesagt, daß er sechs Kinotheater besitze und daß er »Schritte in der Nacht« in drei Kinotheatern gespielt hat, in Erstaufführung, und daß er ihn im Apollo vier Wochen prolongiert hat.

Er ist dann, so hat er erzählt, zur Musikkapelle hingegangen und hat zum Saxophonisten gesagt, ein berühmter Filmstar aus Hollywood ist anwesend, und die Kapelle soll extra für ihn etwas spielen, etwas Amerikanisches, und ein dickes Trinkgeld hat Herr Schneider dem Saxophonisten zugesteckt.

Die Kapelle hat »In the Mood« von Glenn Miller gespielt.

Die Leute im Café haben die Köpfe zum Tisch von Richard Basehart und Herrn Schneider gedreht und lang geklatscht.

Beim Abschied hat Richard Basehart versprochen, daß er Herrn Schneider am nächsten Montag besuchen wird. Er hat sich den Namen und die Adresse vom Apollo-Stübchen auf einen Zettel geschrieben und in die Brieftasche gesteckt.

Alle, denen Herr Schneider davon erzählt hat, kamen am nächsten Montag ins Apollo-Stübchen, um auf Richard Basehart zu warten.

Seine Frau kam und brachte eine Cousine mit, Ingeborg, die närrisch war auf Filmschauspieler und jeden Film mit Freikarten besuchen durfte.

Zwei Freunde vom Tennisclub kamen, und Herr Glück, der Süßwarengroßhändler, der die Kinokassen mit Drops und Schokolade belieferte.

Seine Frau brachte er mit, eine hübsche, blonde Frau, die er im Krieg in Lettland kennengelernt hat.

Fräulein Schröter thronte am Tisch neben der Tür und hielt einen Platz frei für Frau Dickgießer, bis sie abgerechnet hatte.

Herr Schneider übergab Kitty sechs Flaschen Henkell Trocken. Sie sollte sie aufs Eis legen und ausschenken, wenn Richard Basehart gekommen ist.

Kitty hatte sich aufgetakelt. Sicher mehr als drei Stunden hat sie beim Friseur verbracht am Nachmittag.

Wie die Kessler-Zwillinge war sie frisiert, links ein Scheitel, rechts eine Locke, eine blonde Sichel, vor die Stirn gepappt.

Als um 22 Uhr 30 die Abendvorstellung aus war, kamen etwa zwanzig Stammbesucher herein, und es war kein Platz mehr frei an den Tischen und an der Bartheke.

Ich mußte Kitty helfen beim Einschenken.

Herr Schneider ging aufgeregt hinaus und herein.

»– er hält Wort, ihr werdet sehen«, sagte er immer wieder.

So wie das Apollo-Stübchen sich gefüllt hatte, leerte es sich gegen Mitternacht.

Die Frauen gingen zuerst, Fräulein Schröter, Frau Dickgießer, auch Frau Schneider, weil Ingeborg am Morgen zur Schule mußte.

Die Freunde vom Tennisclub gingen, und Herr Glück mit seiner Frau. Sie klopften Herrn Schneider auf die Schulter und machten Bemerkungen, die ihn ärgerten.

Man sah, wie enttäuscht er war.

Dann ging auch er.

»– es sollte nicht sein«, sagte er.

Es war schon nach 1 Uhr. Nur Kitty, Henry und ich waren noch da.

Kitty hatte schon die Gläser gespült und eben die Lampen über den Tischen vorne ausgeknipst, da kam Richard Basehart.

Ich habe ihn gleich erkannt.

Unsicher sah er sich um in der dunklen Bar und ist zur Theke gegangen und hat Kitty in amerikanischer Sprache nach Mister Schneider gefragt.

Er trug einen dunklen Hut und einen beigefarbenen Trenchcoat, den Gürtel eng zugezogen, wie im Film »Schritte in der Nacht«.

Kitty sprach bestimmt nicht mehr Amerikanisch als die Mädchen, die im »Rodensteiner« sich den Soldaten auf den Schoß setzten, aber sie konnte Richard Basehart verständlich machen, daß Mister Schneider gewartet hat und erst vor ein paar Minuten weggegangen ist.

Henry schaltete sich ein. In der Kaserne hat er Amerikanisch gelernt. Nie habe ich ihn so viel reden gehört.

Richard Basehart hat sich neben Henry auf den Barhocker gesetzt und ein Bier bestellt.

Weil der Kassenraum abgeschlossen war, konnte niemand den Telefonapparat benutzen, um Herrn Schneider anzurufen.

Ich rettete die Situation, schwang mich, als gäbe es die Fox-Tönende-Wochenschau zu transportieren, aufs Fahrrad und sauste in die Wohnung von Herrn Schneider in die Mönchhofstraße.

Er war schon halb ausgezogen, aber er schloß gleich den Hosenbund wieder, und noch vor mir ist er im Apollo-Stübchen angekommen, und er und Richard Basehart haben sich wie alte Freunde begrüßt.

Den Sekt, den Herr Schneider öffnen wollte, lehnte Richard Basehart ab. Er wollte ein zweites Glas Bier trinken.

»– gutt, German Bier«, sagte er.

Wir lachten.

Zuletzt hat er Kitty, Henry und mir eine Photographie geschenkt, mit seinem Autogramm.

Herr Schneider hat Richard Basehart ins Park-Hotel gefahren, wo ein Zimmer für ihn bestellt war.

Alle, die früher weggegangen sind, haben sich am nächsten Tag geärgert, daß sie nicht gewartet und Richard Basehart nicht gesehen haben.

Drei Jahre später hat Herr Schneider, wie er damals gesagt hat, das Luxor abgestoßen.

Herr Erhardt, ausgerechnet er, hat es durch einen Strohmann aufgekauft, doch wahrscheinlich hat es auch ihm mehr Ärger als Freude gemacht.

Alle Kinotheater waren nicht mehr so gut besucht wie in früheren Jahren. Nicht mal die Heimatfilme haben mehr gezogen.

Immer mehr Leute haben sich Fernsehapparate angeschafft und wollten am Abend lieber in ihren eignen vier Wänden bleiben, wo sie nicht nur Filme, sondern auch andere unterhaltsame Sendungen sehen und es sich dabei gemütlich machen konnten.

Als nächstes Kinotheater hat Herr Schneider den Filmpalast auf dem Dorf geschlossen und bald darauf das Capitol.

Das Capitol hat er einem Möbelhändler vermietet. Der benutzt den Zuschauerraum als Möbellager.

Sogar die Kurbel hat sich immer weniger rentiert. Unter der Woche ist die Vorstellung oft ausgefallen, weil nicht mal fünf Besucher gekommen sind.

Die Fox-Tönende-Wochenschau hat Herr Schneider lang vorher abbestellt. Keiner hat sie vermißt.

Als er dann die Kurbel aufgegeben hat, wußten wir, nun geht es bald auch unserem geliebten Apollo an den Kragen.

»– die Kinos sterben«, sagte Herr Schneider.

Ein junger Mann hat die Kurbel, nachdem sie ein Jahr leerstand, gepachtet und in eine Diskothek verwandelt.

»Merlin« steht in blauer Neonschrift über dem Eingang, und die jungen Leute, die hineinströmen, wollen keine Filme mehr sehen, sondern tanzen und schmusen.

In der Ecke, neben anderem Gerümpel, Wagenrädern und Ofenplatten, steht eine der zwei Vorführmaschinen als wäre sie eine Sehenswürdigkeit.

Ewald, den Vorführer der Kurbel, hat Herr Schneider in die Scala übernommen, wo zwei Vorführer gebraucht wurden. Von vormittags 11 Uhr bis 1 Uhr nachts liefen in der Scala ausschließlich Sex-Filme.

Die Gastarbeiter, die Türken, Jugoslawen, Italiener waren scharf auf Sex-Filme, aber auch sie ziehen nicht mehr so wie früher.

Nur noch einmal im Monat fuhr Herr Schneider am Montagvormittag nach Frankfurt am Main.

Auch mit Freundinnen hat man ihn so oft nicht mehr gesehen.

Er hatte nun die Einnahmen von der Miete und vom Verkauf, aber mit seiner Gesundheit hatte er Schwierigkeiten, und der Arzt hat ihn gedrängt, in Kur zu gehen nach Bad Mergentheim.

Als er im Frühjahr zurückkam, hat er sich entschlossen, das Apollo und das Apollo-Stübchen dicht zu machen.

Das Gebäude samt Grundstück hat eine Firma gekauft, die in einem Vorort den ersten Supermarkt eröffnet hat.

Kitty ist schon vorher weggegangen. Nie mehr habe ich etwas von ihr oder von Henry gehört.

Ich habe zugeschaut, wie das Apollo untergegangen ist.

Krane, Bagger, Preßlufthämmer zermalmten die Mauern des Zuschauerraums und des Apollo-Stübchens, und aus den Trümmern erhob sich in kurzer Bauzeit ein Betonklotz und ein weißgekachelter Supermarkt mit Neonröhren, Kühltruhen und Regalen und allem Drum und Dran.

Herr Schneider hat mit dem Geschäftsführer, Herrn Brenneis, über mich gesprochen. Daß ich zu allem zu gebrauchen bin, und anstellig, zuverlässig und pünktlich war, hat er gesagt.

Seit vier Jahren bin ich angestellt im Supermarkt.

Ich trage einen weißen Mantel, mit einem Namensschild über der Brusttasche, habe ein festes Gehalt, Sozial- und Krankenversicherung und Anspruch auf Jahresurlaub, drei Wochen.

Ich habe Kollegen und Kolleginnen, mit denen ich prima auskomme; und seit Ostern eine Freundin. Sie arbeitet in der Sozialpflege, und ich verbringe mit ihr die Wochenenden.

Nicole heißt sie.

Manchmal erzähle ich ihr von der Zeit, als ich für Herrn Schneider und seine Kinotheater tätig war, und Nicole hört mir zu.

Eine schöne Zeit. Ich war jünger und bestimmt nicht so anspruchsvoll.

Ich hole die Kartons aus dem Schrank, in denen ich die Aushangbilder verwahre. Eines nach dem anderen blättere ich sie vor Nicole auf den Tisch.

»– Rita Moreno ist das, in ›Fort der Rache‹.«

»– und Lex Barker in ›Donnernde Hufe‹.«

Ich zeige Nicole Filmschauspieler, die sie nicht kennt, und Szenen aus Filmen, die sie nicht gesehen hat.

Ich bin gar nicht so sicher, ob sie sich so sehr dafür interessiert.

»– und das ist Richard Basehart, der im Film ›Schritte in der Nacht‹ die Hauptrolle gespielt hat.«

»– und sein Autogramm!«

*Seine* Photographie schaut Nicole länger an als andere, und ich schaue dabei Nicole an.

»– sympathisch sieht er aus«, sagt sie.

Wie hübsch sie ist! Ihre Figur, ihr dunkles Haar, das sie, weil ich es gewünscht habe, wieder länger trägt, bis auf die Schulter.

Nicole ist hübscher als Rita Moreno.

Dann legt Nicole die Photographie von Richard Basehart obendrauf auf die Aushangbilder im Karton, die ich ihr an diesem Sonntagnachmittag noch zeigen wollte.

»– genug für heute«, sagt sie.

Sie nimmt meine Hand und hält sie fest.

Nein, auch ich will heute keine Photographien mehr anschauen und will aufhören zu erzählen.

# Im Hochland von Abessinien

Für Peter Bichsel, der »Tempo di uccidere«, den Roman von Ennio Flaiano, ebenso gern hat wie ich.

Ich habe es mir bequem gemacht im Ledersessel. Der Vorhang ist halb zugezogen und schafft das Dämmerlicht, wie ich es liebe beim Lesen. Der Roman ist spannend. Schon bin ich mitten drin im sechsten Kapitel: »Ich war steif geworden vom langen Laufen am vorigen Tag, und als ich mich erinnerte, was ich an jenem Ort getan hatte, überkam mich eine finstere Gleichgültigkeit.« Gegen meine Gewohnheit habe ich die Zimmertür geschlossen und höre trotzdem draußen in der Diele das Telefon läuten. Es mag noch so oft und noch so inständig läuten, heute, habe ich mir vorgenommen, werde ich nicht abnehmen. Einen Roman zu lesen, ohne Unterbrechung, kein anderes Vergnügen tausche ich dagegen ein. Ich bange um den italienischen Leutnant, der, entfernt von seiner Truppe, umherirrt im Hochland von Abessinien. Er hat ein eingeborenes Mädchen namens Miriam, das er zuvor besessen hat, getötet, unabsichtlich, absichtlich. In der Fläche seiner linken Hand wuchert seitdem eine Geschwulst; das Symptom der Lepra wahrscheinlich. Er hat Grund zu fürchten, die unheilbare Krankheit werde den ganzen Körper erfassen. Nun ist er angekommen an einem Fluß und will hinüber ans jenseitige Ufer: »Ich hatte die Nacht damit verbracht, den Fluß zu betrachten, seinem tiefen Murmeln zu lauschen, dieser einzigen Stimme unter den hysterischen Schreien des Buschwaldes. Jetzt mußte ich hinüberschwimmen. Das Unternehmen als solches schreckte mich nicht so sehr als die Möglichkeit, ein Krokodil könnte es zum Scheitern bringen.« Nicht zwei, drei Mal, mehr als zehn Mal läutet das Telefon, als wollte mir ein Anrufer mitteilen, der Nobelpreis sei mir verliehen worden oder das Stockwerk unter mir stehe in Flammen. Ich fürchte, der Anrufer ist Kurt Haubrich, der Lyriker. Keine Woche läßt er verstreichen, ohne mich anzurufen, und immer zu ungelegener Zeit, wie jetzt, und dann, wenn Ferngespräche den höchsten Tarif haben. Dabei hat er weder ein Einkommen noch wie andere Lyriker eine Frau, die ihn unterstützen könnte mit ihrem Gehalt als Lehrerin oder Sekretärin. Nein, von seinen Gedichten will er leben, doch kein Lektor oder Redakteur hat sich bisher erbarmt, sie zu drucken und zu honorieren. Dummerweise habe ich seine Gedichte, als er sie mir zum ersten Mal per Post schickte, zu diplomatisch gelobt. Ich hoffte, ihn damit abschütteln zu können; habe jedoch das Gegenteil bewirkt. Er klammert sich an mich. Er will mir seine Gedichte, die in der schlaflosen Nacht davor entstanden sind, am nächsten Tag gleich vorlesen. Wahrscheinlich ist es Kurt Haubrich, der ununterbrochen das Telefon läuten läßt und mich in meiner Lektüre stört. Schon hat der Leutnant sich entkleidet. Ein alter, vermorschter Stamm dient ihm als Floß. Darauf packt er die Uniform und den Tornister. Die entwendeten Banknoten stecken darin. Sie vor allem dürfen nicht naß werden: »Ich band das Floß mit einer Schnur an das linke Handgelenk, stieß es ins Wasser und folgte ihm, während ich versuchte, mit den Füßen nicht auf den Grund zu treten, um mir die Berührung mit dem schlüpfrigen Schlamm zu ersparen. Jetzt ging es darum, mich der Strömung zu überlassen, und erst etwas zu tun, wenn sie reißender wurde, gegen die Mitte des Flusses zu.« Noch lauter und aufdringlicher, will mir scheinen, läutet das Telefon. Lyriker sind lästig. Nicht nur dieser Kurt Haubrich; alle Lyriker. Sie wollen gehört, gedruckt, bewundert werden. Sie wollen, kaum haben sie zwei Dutzend Gedichte beisammen, einen Verlag finden, der ihr erstes Gedichtbändchen herausbringt; und kaum ist es heraus, setzen sie alle, die sie kennen, unter Druck, daß es rezensiert wird, um dafür Leser und Käufer zu gewinnen. Ich soll einen Verlag finden. Ich soll es rezensieren. Wahrlich, ich bin verfolgt von Lyrikern. »Aber vielleicht gab es keine Krokodile in diesem Teil des Flusses, da die Ufer steil abfielen, die Krokodile aber die verborgenen Ufer lieben und die Sonne, die sie wärmt.« Wie angenehm sind dagegen die Verfasser von Romanen: Unauffällig, fleißig, geduldig schreiben sie vor sich hin, Wochen, Monate, Jahre lang; füllen Seite um Seite, schmauchen ihre Pfeifen, tippen, oder schreiben vor sich hin, ohne den erpresserischen Drang, andere damit zu belästigen oder gar vorlesen zu wollen, was sie zustande gebracht haben. Keiner der Romanverfasser ruft jemals an. In weiter Ferne wohnen sie, in anderen Ländern oder anderen Sprachbereichen. Viele sind schon gar nicht mehr am Leben. Ja, die besten sind vor langer Zeit verstorben, doch ihre Romane werden noch immer gelesen. Ich lese sie: »Es wurde immer schwieriger, sich über Wasser zu halten. Ich hatte nicht bedacht, daß Süßwasser so schlecht trägt, und vielleicht war es unklug gewesen, mir das Floß an das Handgelenk zu binden, aber jetzt mußte ich herauskommen; und käme ich nur unter der Bedingung heraus, indem ich mich der Strömung überließe.« Kurt Haubrich, der vermeintliche Anrufer, ist nicht nur lästig; er ist zudem ein Säufer. Auch berühmte Lyriker waren oft Säufer; Dylan Thomas zum Beispiel, der große walisische Lyriker. Doch die Gedichte von Kurt Haubrich sind so aufregend nicht wie die Gedichte von Dylan Thomas. Wahrscheinlich ist Kurt Haubrich auch verrückt. Er hat, erfuhr ich, Entziehungskuren und Aufenthalte in psychiatrischen Kliniken hinter sich. Unter den Verfassern von Romanen will mir kein Verrückter einfallen. Normale Männer und Frauen sind es, Familienväter und Mütter, realistisch eingestellte, normale Menschen mit beiden Beinen auf der Erde, die selber etwas erlebt, sich umgesehen haben in der Welt und auf dem Meer. Noch verrückter als Kurt Haubrich ist die Lyrikerin Eva Maria Müller, die gleichfalls, wenn sie ihre manischen Phasen hat, zu meinen Anrufern zählt. Dann ruft sie an, wenn ich noch schlafe, wenn ich in der Badewanne liege und mich entspannen will. Dann, wenn am Abend Gäste gekommen sind und wir am Tisch sitzen und zum ersten Mal die Gabeln in die heißen Spaghetti stechen. Vielleicht ist sie die lästige Anruferin draußen? Vielleicht habe ich Kurt Haubrich zu Unrecht verdächtigt. Eva Maria Müller will mich herausreißen aus der Spannung, wie der italienische Leutnant sich hält im gefährlichen, schlammigen, abessinischen, von Krokodilen bedrohten Fluß: »Ich überlegte gerade, ob ich den Fluß aufgeben sollte, als ich beim Bewegen der Füße an etwas Schwabbliges stieß, das nicht nachgab, vielleicht sogar etwas Lebendiges. Als ich schrie, begann ich Wasser zu schlucken und erreichte damit nur, daß ich mich noch mehr entsetzte.« Ausgerechnet jetzt muß das ununterbrochene Läuten des Telefons mich an die Lyrikerin Eva Maria Müller erinnern, an die zu denken ich sonst lieber verdränge. Eine bedauernswerte Person. In ihrer Pubertät wohl hat sie sich bereits so tief eingelassen in die Lyrik, daß sie nun lebenslang von Wahnvorstellungen heimgesucht wird. Es gibt Schizophrene, die sich für Alexander den Großen, für Christus oder Napoleon halten; Eva Maria Müller hält sich für eine bedeutende, unterschätzte, verfolgte Lyrikerin. Sie bildet sich ein, Georg Trakl, der große österreichische Lyriker, was schon chronologisch unmöglich ist, habe ihr einen Sohn gezeugt; und dieser Sohn sei kein anderer als der Lyriker Karl

Krolow, der in Darmstadt, in der Künstlerkolonie Park Rosenhöhe, lebt und dichtet. In einem Schleier von Beschwörungen erklärt mir Eva Maria Müller durchs Telefon diese Mutterschaft und deren verhängnisvolle Folgen. Karl Krolow, der Sohn, klagt sie mir vor, will ihre Mutterschaft nicht anerkennen. Er weigere sich, mit ihr zu sprechen oder zu korrespondieren. In mir glaubt sie einen Verschworenen ihres Wahns gefunden zu haben und klammert sich deshalb auf eine andere Art als Kurt Haubrich an mich. Ihre Gedichte schickt sie per Post, immer dieselben, und als Expreßbriefe frankiert. Sie sind von Trakl und Krolow beeinflußt und daher nicht mal schlecht. Man könnte zwei, drei ihrer Gedichte sogar in eine Anthologie surrealistischer Lyrik der Gegenwart aufnehmen; erst recht in eine Anthologie, welche Dichtungen von Geisteskranken vorstellt, und die gerade in unseren Tagen ihre Bewunderer finden. Gottlob, der Leutnant hat den Fluß bezwungen! Kein Krokodil ist aufgetaucht. »Der Fluß lag hinter mir, und das Bewußtsein, das schwere Hindernis überwunden zu haben, gab mir die Gewißheit, daß ich auch andere Hindernisse überwinden würde, um nach Massaua zu gelangen. Ich hatte es nicht eilig, doch ich wußte, wenn ich stehenbliebe, würde ich schwerlich den Weg wiederfinden. Ich sagte mir immer wieder, daß alle Hindernisse nur in meiner Phantasie vorhanden wären; in der Phantasie, wie auch das Krokodil, das ich unter meinem Fuß gespürt hatte und das dann doch nur ein Gewirr von Schlingpflanzen oder einem darin verfangenen Pferdekadaver war.« In immer neuen Ansätzen läutet das Telefon. Es könnte ein anderer Anrufer oder eine Anruferin sein, an die ich bisher nicht gedacht habe. Erzeugt nicht jeder Anrufer ein individuelles Läuten, obgleich es technisch wohl nicht möglich ist? Ein neuer, beunruhigender Verdacht will in mir aufsteigen. Ich blicke zum Kalenderblatt: der 18. November! Heute, um 20 Uhr, hält die Lyrikerin Rose Kahlenberg, die aus einer Provinzstadt angereist ist, in der Zentralbibliothek einen Leseabend. Wie immer im November, dem trüben, melancholischen Monat, folgt in unserer Stadt Leseabend auf Leseabend. Heute also Rose Kahlenberg, die mit vier oder fünf Gedichtbändchen ihren Ruhm erschrieben und eine Lesergemeinde für sich eingenommen hat. In den Türscheiben der Buchhandlungen hängen Plakate mit ihrer Photographie, die auf diesen Leseabend hinweisen. Das Kulturamt der Stadt hat etwa zweitausend Einladungen verschickt, doch sie, die ehrgeizige Lyrikerin, will mit diesem Werbeaufwand sich nicht zufriedengeben. Kaum eingetroffen in dem für sie reservierten Zimmer im Hotel »Königshof«, dreht sie auf der Wählscheibe des elfenbeinfarbenen Telefons Nummer um Nummer, um alle die, die sie in der Stadt und in der näheren Umgebung kennt, persönlich zu überreden, zu ihrem Leseabend zu kommen. Alle, die mit Literatur zu tun haben, die Schriftstellerkollegen, die Kulturredakteure der Zeitungen, Zeitschriften und Funkhäuser, sogar die Germanistikprofessoren der Universität, die sonst nie zu einem Leseabend sich bewegen, weil sie die Autoren, die noch leben, entweder nicht kennen oder sie mit dem Dünkel des Wissenschaftlers verachten. Rose Kahlenberg schafft es trotzdem, mit ihrer zerbrechlichen, doch energischen Stimme, sie alle zu überreden, so daß bei ihrem Leseabend viel mehr Besucher sich versammeln als bei den Leseabenden anderer Autoren. Selbst aus ihrem vergeblichen Anläuten glaube ich diese Hartnäckigkeit zu hören: drei Mal, nach einer Pause wieder drei Mal, staccatohaft, in immer neuen Ansätzen. Nein, auch Rose Kahlenberg wird es heute nicht gelingen, mich aus dem Netz des Romans, in dem ich mehr und mehr mich verfange, zu zerren. Der Leutnant ruht sich am Ufer aus. Die Sonne trocknet die Uniform und den Tornister. Er kleidet sich an und rafft mit erfrischter Energie sich auf. Nach Massaua will und muß er gelangen. Auch ich will nach Massaua gelangen! Neue Hindernisse ergeben sich: »So nahm ich lachend den Buckel in Angriff, ohne noch Müdigkeit zu spüren. Ich mußte die Abkürzung erreichen, ihr folgen bis an den Rand des Hochlandes und dann immer quer durch die Felder, die mich dabei von der Straße fernhielten. Wenn ich erst mal im Hochland war, würde ich dem alten Maultierpfad folgen, bis nach A., eine Strecke von achtzig Kilometern, die in zwei Tagen zurückzulegen war, wobei ich Posten und Lagerplätze meiden mußte. Ich fragte mich nicht, ob ich es schaffen würde; ich wußte, ich werde es schaffen. Das Bad im Fluß hatte mir den nötigen Optimismus zurückgegeben, und jetzt wünschte ich sehnlich aus diesem Tal, das ich so gut kannte, herauszukommen.« Das Telefon, das verdammte, setzt zu einem neuen Läuten an; wieder drei Mal oder zweieinhalb Mal und anscheinend etwas verzagt schon. Traurig, so ein Leseabend; erst recht, wenn weniger Besucher sich versammelt haben als bei einem Leseabend von Rose Kahlenberg. Man sitzt auf

Stühlen, die nicht dafür entworfen wurden, mehr als eine Stunde darauf still zu halten. Die Lehnen sind zu kurz und steif. So eng sind sie zusammengerückt, daß man mit den Ellbogen den Nachbarn stößt. Neonröhren beleuchten das Podium und lassen den Lyriker oder die Lyrikerin noch blasser erscheinen als sie in Wirklichkeit sind. Das Mikrophon ist zwar eingeschaltet, doch nicht exakt genug, um die Wörter der Gedichte wenigstens akustisch zu verstehen. Und wie wenige der Lyriker oder Lyrikerinnen sind dazu begabt, ihre Gedichte wirkungsvoll vorzutragen. Immer lesen sie zu lang; wollen nicht enden, obgleich sie es den Zuhörern ansehen könnten, wie erschöpft sie sind, und daß einige schon ungeniert gähnen. Dreißig, vierzig und mehr Gedichte lesen sie. Rose Kahlenberg hat außerdem die Eigenart, einige ihrer Gedichte zwei-, drei Mal zu wiederholen, als fürchte sie, das Verständnis, das sie erwartet, sei mit dem einmaligen Lesen nicht erzielt worden. Ich lese lieber vor mich hin, stumm, allein, auch Gedichte; erst recht Romane. So wie jetzt, im abgeschirmten Zimmer, im bequemen Ledersessel, vor mir der Tisch, der Aschenbecher, die Packung Zigaretten. Ich erschrecke, weil der Leutnant eben einen Gewehrschuß hört: »Ich

stürzte hin zum Gehölz, mich zwischen die Steine duckend, und wartete. Doch es waren keine weiteren Geräusche zu hören, und ich war gerade im Begriff, mich zum Weitergehen zu entschließen, als vom Pfad her Stimmen herüberdrangen. Bald darauf tauchten zwei Soldaten auf, die ebenfalls zum Hochland unterwegs waren. Sie gingen gemächlich, mit müden Schritten und sprachen in einem mir unbekannten Dialekt. Einer der Soldaten hielt ein Gewehr in den Händen und suchte mit den Augen ein Ziel, für das die Patrone lohnte, einen Vogel, ein Eichhörnchen. Der andere, der noch müder war, ging vor ihm. Er wischte den Schweiß von der Stirn und spornte den Gefährten an, sich zu beeilen. Als sie näher kamen, sah ich, daß es Carabinieri waren und geschossen hatten, um die Stille ihres Inspektionsgangs zu unterbrechen.«
Ich atme auf. Die Gefahr ist vorüber. Nach dem Schuß nehme ich erst recht die Stille wahr, die über dem Hochland herrscht. Doch fern läutet das Telefon und will mich an Rose Kahlenberg und ihren Leseabend, dem ich heute bestimmt fernbleiben werde, erinnern. Lyriker und Lyrikerinnen, noch unbekannte, die in der Stadt wohnen, stellen den Besucherstamm der Leseabende. Immer gehen sie hin, weil sie hoffen,

jemanden zu treffen, der sie entdecken könnte; und weil sie selber begierig sind, eines Tages auf dem Podium zu sitzen, vorzulesen und ihr erstes Bändchen zu signieren. Ihre armseligen Gedichte verdienen jedoch so viel Beachtung noch lange nicht. Mehr ältere als jüngere Leute sind bei diesen Leseabenden zu sehen. Ehefrauen, die dem Literarischen Verein beigetreten sind, weil sie nur zu gern ihren niederdrückenden Wohnungen entfliehen; oder ihren vulgären Ehemännern, die gegen Abend einem UEFA-Pokal-Spiel entgegenfiebern und schon das Flaschenbier kaltgestellt haben. Nie sieht man bei diesen Leseabenden junge Leute; gutaussehende, hübsche Mädchen und Jungen, die einem tagsüber in der Stadt entgegenkommen und die man wohlgefällig anschaut. Thomas Mann hat schon darüber geklagt. Die gutaussehenden, hübschen jungen Leute haben am Abend etwas Besseres vor als im Betonkeller der Zentralbibliothek schwerverständlichen Gedichten zu lauschen. Sie strömen in die Diskotheken oder Pianobars; in die Fitness-Center, weil sie noch hübscher werden wollen und noch muskulöser. Wer kann's ihnen verdenken? Ich nicht. Sie machen mir sogar Mut, mich in Zukunft den Zwängen der Lyriker und Lyrikerinnen zu widersetzen. Ich entfliehe in die Lektüre eines Romans, der schöner ist als das Leben; spannender und auf einer höheren Ebene realistischer und wahrer als das unbefriedigende Dasein. »Nun verließ ich«, lese ich weiter, »die Abkürzung und wandte mich wieder dem Hochland zu, das ich wohl ohne weitere Überraschung erreichen würde. Nach ein paar Stunden gelangte ich dorthin, und kam doch nicht weiter. Der Pfad führte geradewegs ins alte Lager, und es gab keine Möglichkeit, es zu umgehen, ohne einem Wachposten in die Augen zu fallen.« Rose Kahlenberg will es nicht aufgeben, die Wählscheibe zu drehen. Warum ruht sie nicht aus? Oder schreibt ein Gedicht? Ein Gedicht über die Fremdheit, die sie überfällt am Nachmittag im Hotelzimmer einer fremden Stadt? In unseren Tagen scheint es so leicht zu sein, Gedichte zu schreiben. Mehr Leute als früher schreiben Gedichte, doch je mehr Gedichte geschrieben werden, desto flacher, fader und trivialer geraten sie. In Gedichten wollen sie aussprechen, was sie erfreut, bedrückt, ärgert; vor allem, was sie ärgert. In Gedichten zu protestieren, ist Mode. Zu protestieren gegen alles, was faul und schlecht ist in unserer bösen, korrupten, bedrohten Welt. Die kleinen Lyriker hoffen, sie könnten mit ihren Protestgedichten erreichen, daß es keine

Kriege mehr gibt, keine Atomkraftwerke, keine vergifteten Flüsse und Seen. Doch wie sollen ihre Gedichte das alles bewirken, wenn niemand sie liest? Hat man jemals gehört, daß Politiker, die zur Zeit die Macht ausüben, Gedichte lesen oder von Gedichten ihr Gewissen haben aufrütteln lassen? Nie hat man davon gehört. Bundespräsidenten höchstens, die keine Macht mehr ausüben dürfen, erwähnen in Interviews ein Gedichtbändchen oder sie schmücken mit Goethe-Strophen, die sie aus ihrer Schulzeit im Gedächtnis behalten haben, ihre Tischreden. Mein italienischer Leutnant nähert sich einem neuen Hindernis, einer Schlucht: »Die Schlucht, die nach A. führte, lag tief eingebettet zwischen hohen Wänden, die am Anfang etwa einen Kilometer voneinander entfernt lagen und sich dann mehr und mehr verengten, während der Flußlauf steiler wurde und in kurzen Wasserfällen hinabstürzte. Wenn ich ihm folgte, würde ich sehen, wie er zu einem einfachen Rinnsal wurde. Leider stand die Sonne schon in der zweiten Hälfte ihrer Bahn, und ich dachte ungern daran, mich in dieser Gegend von der Nacht überraschen zu lassen.« Jetzt nur noch ein schüchternes Läuten draußen. Mitten im ersten oder zweiten Versuch bricht es ab, als sei die Energie der Anruferin oder des Anrufers erlahmt. Vielleicht sagte er vor sich hin: schade, er ist nicht zu Hause; oder: er ist wohl verreist. Ja, er ist verreist! Er will nicht hier sein, belästigt und gestört vom Telefon und von hartnäckigen Lyrikern oder Lyrikerinnen, die ihn mit ihren ehrgeizigen Wünschen überfallen. Ich bin weit weg, im Hochland von Abessinien. Auf labyrinthischen Pfaden bin ich unterwegs mit meinem italienischen Leutnant, der Hindernis um Hindernis nimmt, aber noch längst nicht am Ziel angekommen ist. Das Gewissen pocht. Die Geschwulst der Lepra wuchert. Ich höre, wie er mit sich selber spricht, klagt und seufzt, und mit neuem Mut sich wieder aufrichtet. Im Heer Mussolinis ist er übers Mittelmeer gekommen. Er gehörte zu den Eindringlingen, die das Land, das vordem großartig war und seine eigenen Gesetze hatte, bekriegt, besetzt und ihm eine Ideologie aufgezwungen haben, die nur Böses verursachen konnte. Ich bin der italienische Leutnant. Wie er zählte ich, damals, als ich jung war, zu den Eindringlingen, die fremde Länder überfallen und dort Unheil angerichtet haben. Nun hat der Leutnant die Schlucht überwunden. Er ist müde. Die Nacht bricht an. Er spricht vor sich hin: »Ich beschloß, wenn ich eine Grotte fände, darin zu übernachten, sonst mußte ich zurückkehren. Aber wohin zurück? – Ich setzte mich hin und zündete eine Zigarette an.« Das Telefon schweigt. Endlich! Auch ich zünde mir eine Zigarette an. Ich lehne mich im Sessel zurück und betrachte beunruhigt die Fläche meiner linken Hand.

# So weit ist es gekommen

Spontan will ich aufschreiben, was sich ereignet hat – ausführlich, nicht allzu umständlich, hoffe ich, und in einem korrekten Deutsch, wie ich es einst in der Schule gelernt habe und später in meinem Beruf es gelegentlich anwenden konnte. Einen Vorgang will ich festhalten, den ich selber vor einiger Zeit für eine dichterische Erfindung gehalten hätte. Meine Leser sollten sich darüber nicht nur lustig machen; auch die Warnung mithören: es nicht allzu weit zu treiben mit der Liebe zu den Tieren. Ich denke dabei an ältere Leute, die mehr oder weniger uns gleichen, meiner Lebensgefährtin und mir. Über vier Jahrzehnte leben wir zusammen. Die Liebe ist erkaltet. Aus Gewohnheit bleiben wir zusammen. Weder ihr noch mir dürfte man deshalb einen Vorwurf machen. Es kommt so.

Die Kontakte zu anderen, nicht nur zu Jüngeren, auch zu Gleichaltrigen, sind verkümmert oder ganz versandet. Die Leute unserer Umgebung halten uns wohl für ein sonderbares Paar, abseits der Welt, nicht beunruhigt von den Forderungen, wie die Gegenwart sie stellt. Wir besitzen nicht mal einen Fernsehapparat. Die Stadtzeitung, die ich im Abonnement beziehe, lese ich, wenn ich ehrlich bin, nicht jeden Tag, obgleich es an der Zeit nicht liegt. Bequem haben wir es uns eingerichtet in unserer nicht zu kleinen, nicht zu großen Dreieinhalbzimmerwohnung in einem Vorort von K. Ausgefallene Wünsche plagen uns nicht. Ich betreibe keine Hobbies, wie andere Beamte im Ruhestand, obwohl ich weiß, wie viel Spaß sie bereiten können; andererseits jedoch dazu verleiten, mehr Geld auszugeben als die Rente es erlaubt.

Wir ergänzen uns eigentlich ganz gut, meine Lebensgefährtin und ich. Ja, ich sage und schreibe so, etwas distanziert, weil ich die gebräuchlichen Bezeichnungen für Ehefrauen nicht gern höre. Auch ihren Vornamen nicht. Er erinnert an das erste Jahrzehnt des Jahrhunderts. Ein modischer, flotter, sportlicher Name, auf den ihre dummen Eltern sie haben taufen lassen. Kinder haben wir keine. Ein Versäumnis? Vielleicht ja, vielleicht nein. Kinder bereiten nicht nur Freude, erst recht, wenn sie herangewachsen sind; wenn sie sich nicht so entwickelt haben, wie die Eltern es erhofften. Man hört von Töchtern evangelischer Pfarrer, die Terroristinnen geworden sind.

Verstimmungen, wie sie gelegentlich zwischen meiner Lebensgefährtin und mir sich anstauen, nehmen wir beide nicht so ernst. Sie sind wie das Wetter, das wechselt; und wahrscheinlich haben Verstimmungen etwas mit dem Wetter, seinen Hochs oder Tiefs, zu tun. Ich bin eigentlich ein Mensch, der sich bescheidet mit einer gewissen geordneten Monotonie des Lebens und des Alltags. Ich bin nicht auf Unterbrechungen aus, auf Zerstreuungen, auf Reisen; Bustouren nach Belgien oder Holland, wie die Reisebüros sie Senioren anbieten; und schon gar nicht auf Flüge in heiße, exotische Länder.

Einmal in der Woche, am Freitagabend, wenn auch die Berufstätigen länger aufbleiben und viele in die Innenstadt ausschwärmen, fahren wir zusammen mit der Straßenbahn und bei Regen mit dem Taxi in die »Weinstube Amphore«. Dort werden wir wie Stammgäste begrüßt. Der Wirt setzt sich ein paar Minuten zu uns an den Tisch. Wir kennen die anderen Gäste, weil auch sie jeden Freitag die »Amphore« aufsuchen; doch kennen wir sie wiederum nicht so gut, daß wir uns mit ihnen unterhalten müßten. Wir essen das empfohlene Hausgericht, trinken zwei, drei Gläser Spätburgunder, den unsere Mägen vertragen. Jedes Mal kehren wir aber auch gern wieder zurück in unsere eigenen vier Wände.

Tagsüber übernehme ich Gänge, die eigentlich in den Aufgabenbereich meiner Lebensgefährtin gehören. Ich bringe den Müll in den Keller, gehe zum Supermarkt, obgleich ich mich nicht so gern auf dem Bürgersteig sehe mit Einkaufsbeuteln rechts und links. Meine Lebensgefährtin hat ihre Beschäftigungen im Haushalt. Das einzige, was ich zusätzlich von ihr fordere, ist die Pflege meiner kleinen Unpäßlichkeiten; kurze Massagen meines verspannten Rückens und der verbrauchten Bandscheibe, die mir zu schaffen macht. Mit stummer Geduld führt sie diese Pflege aus.

Die Gewohnheit des langjährigen Zusammenlebens äußert sich vor allem in einem immer mehr sich verlängernden Schweigen, das zwischen uns herrschen kann; lange Pausen, die unsere nur noch nützlichen Gespräche unterbrechen, als gäbe es nichts mehr zu bereden; Pausen, über die man sagen könnte, ein Engel gehe durch den Raum, wenn wir uns gegenübersitzen beim Mittag- oder Abendessen. Meine Lebensgefährtin scheint dieses Schweigen weniger aushalten zu können als ich. Sie sagt dann etwas, um etwas zu sagen. Ich achte, wenn sie von früheren Begebenheiten spricht, auf die Ergänzungen oder Abweichungen, womit sie ihre Erzählung variiert oder dramatisiert und deshalb von der Wahrheit des tatsächlich Geschehenen, bei dem ich doch selber dabei war, abrückt oder etwas hinzuerfindet, was fast einer Lüge gleicht. Ich widerspreche nicht. Ich hasse es, wenn sich Ehepaare, erst recht, wenn Besucher zwischen ihnen sitzen, gegenseitig korrigieren.

Im Herbst vergangenen Jahres sah es so aus, als würde unser Zusammenleben, wie ich es beschrieben habe, eine Belebung erfahren. Wir haben Felix aufgenommen. Nein, das ist kein Adoptivsohn, sondern eine Katze, richtiger, ein Kater. Es war nicht unser eigener Entschluß. Ein Bewohner des Stockwerks unter uns, ein Ingenieur, ein Junggeselle, der immer freundlich und zuvorkommend war und uns guterzogen die Eingangstür zum Treppenhaus aufgehalten hat, sprach uns an und bat, ja bedrängte uns, seinen Kater, der sauber und anhänglich sei, in Pflege zu nehmen. Seine Firma habe ihm die Versetzung nach Indien mitgeteilt, sagte der Ingenieur. Vielleicht bleibe er dort nur ein halbes Jahr, vielleicht etwas länger, und er bringe es einfach nicht übers Herz, Felix, das war der Name des Katers, ins Tierheim zu geben. So einnehmend hat der junge Ingenieur uns bedrängt, daß wir nach einer kurzen Bedenkzeit eingewilligt und am Tag seines Abflugs das Tier aufgenommen haben.

Wirklich, Felix ist ein sauberes, anhängliches, liebenswertes Tier. Aus der Rasse der Wildkatzen, mit hell-dunkel-grau-gestreiftem Fell, einer lachsfarbenen Nase und einem für den kleinen Kerl fast zu mächtigen Schnurrbart. Vor der Brust unterbricht ein schneeweißer Latz die grauen Streifen. Auch die Vorderpfoten sind schneeweiß. Es sieht aus, als hätte sich Felix Handschuhe eines Erstkommunikanten übergestreift. Seinem früheren Eigentümer hat er keine Minute nachgetrauert. Er hat sich uns angeschmeichelt und fühlte sich in unserer Wohnung vom ersten Tag an heimisch. Zögernd, dann immer fester haben wir Felix angenommen und ihm unsere Zuneigung entgegengebracht; ich nicht minder als meine Lebensgefährtin. Mit Zärtlichkeiten und allem, was eine Katze gern hat, haben wir ihn verwöhnt. Nie hätte ich es für möglich gehalten, wie sehr er unser Leben beherrschen, ja, verändern würde.

Wegen Felix gingen wir immer seltener und bald gar nicht mehr am Freitagabend in die »Amphore«. Wir wollten ihn nicht allein lassen.

Wir hatten das Gefühl, er wäre unglücklich, wenn wir lang ausblieben. Er wurde zum Mittelpunkt unseres sonst so ereignislosen Lebens. Es genügte, wenn er, zu einer Kugel gerollt, auf dem Sessel mit dem schottisch-karierten Bezug, den meine Lebensgefährtin ihm reserviert hatte, lag. Er saß mit uns am Tisch, bei allen drei Mahlzeiten; saß auf dem dritten Stuhl, der früher nur selten besetzt gewesen war. Er wartete, einen Happen zu bekommen, oder er angelte mit der Pfote in den Teller, um sich ein Stück Fleisch oder Fisch zu stehlen. Er durfte es. Wir lachten. Es schien ihm besser zu schmecken, was er als Beute geraubt hatte. Nur wenn er beim Frühstück an der Butter leckte, drückte ich ihn sanft von der Dose. Felix konnte aber auch einfach dasitzen und uns anschauen mit seinen grünen Augen. Er schenkte uns Stoff für unsere ausgedünnten Dialoge.

Bei Katzen ist es so, habe ich gehört oder gelesen, im Zusammenleben mit mehreren Personen bezeugen sie nicht jeder die selbe Anhänglichkeit. Sie wählen eine Person aus den vielen. Ihr bringen sie mehr Anhänglichkeit entgegen als allen anderen. Vielleicht bewirkt es die Gestalt, die Stimme, der Geruch; wahrscheinlich der Geruch, ohne daß man sagen könnte, es müsse ein angenehmer Geruch sein. Was Felix in den ersten Tagen seines Hierseins so deutlich noch nicht gezeigt hatte, wurde von Tag zu Tag offensichtlicher: er wählte nicht mich, sondern meine Lebensgefährtin als Bezugsperson. In ihrer Nähe will er sein. Ihr streicht er ums Bein, wenn er hungrig ist und sein Futter fordert. Stundenlang ruht er auf ihrem Schoß und läßt sich in die Arme pressen, ohne sich, wie bei mir, heftig zu sträuben. Er geht mit ihr zusammen zu Bett; bedrängt sie, wenn sie länger aufbleiben will, endlich aus dem Sessel sich zu erheben und das Schlafzimmer aufzusuchen, wohin er ihr, mit zufriedenem Schnurren und wedelndem Schwanz folgt. Im Bett läßt er sich, kaum hat sie sich hingelegt, auf ihrer Brust nahe dem Hals nieder und beißt ihr wie ein zärtlicher Liebhaber ins Kinn. Wenn sie die Lampe löscht, bleibt er am Fußende und manchmal sogar in ihrer Armbeuge liegen. Felix und meine Lebensgefährtin – ich hoffe, ich gebrauche das richtige Fremdwort – vereinigten sich in einer Art Symbiose, aus der ich von Tag zu Tag mehr und mehr verdrängt wurde.

Mein Schlafzimmer meidet Felix. Meine Zärtlichkeiten weist er ab. Will ich ihn auf den Arm heben, wehrt er sich mit den Krallen, mit bösartigem Fauchen, als sei er wieder ganz das Raubtier der Vorzeit. Er nimmt nicht mal die Bissen, die ich ihm hinhalte, während er die meiner Lebensgefährtin, die selbe Wurst, den selben Käse, genüßlich verschlingt. Er läßt das Fressen, das ich zerkleinert und angewärmt habe und im Napf ihm hinstelle, unberührt, als wollte er auch damit seine Abneigung bekunden. Ich beobachtete, wie meine Lebensgefährtin sich zu verändern begann. So suchte sie von einem gewissen Tag an zu verhindern, daß ich zum Einkauf ginge, worüber ich mich nie beschwert hatte. Sie geht zum Supermarkt, doch immer häufiger geht sie daran vorbei, geht zwei Straßen weiter, in eine Metzgerei, die teurer ist und die dreimal in der Woche frische Innereien anbietet. Sie kauft nicht nur frische Kalbsleber, auch gekochten Schinken. Sie hat herausbekommen, daß Felix närrisch ist auf Parmesankäse, der ihn wohl an den Geruch von Ziegen oder Schafen erinnert. Ein Leckermaul.

Unsere Gespräche drehen sich nur noch um den Kater. Ab und zu mache ich einen Versuch, sie abzulenken. Lese komische Ereignisse aus der Zeitung vor, die sie interessieren könnten. Zum Beispiel, was sich im Staat Mississippi ereignet hat. Eine Amerikanerin hat in der Hektik des Einkaufs im Supermarkt vergessen, daß sie vor dem Einsteigen ihr Baby aufs Autodach gelegt hat. Sie fährt davon. Bei der ersten Kurve fliegt der arme Wurm vom Dach und bricht sich den Halswirbel. Die Geschichte bleibt ohne Wirkung. Hat meine Lebensgefährtin überhaupt zugehört? Sie vernachlässigt mich auch sonst. Ihre Massagen verübt sie kurz und unwillig. Dabei ist sie keineswegs melancholisch; im Gegenteil, eine sanguinische Hochstimmung kann sie zeitweise erfassen. Wenn sie in ihrem Schlafzimmer aufräumt, höre ich sie singen; alberne Schlager aus ihrer Jugendzeit. Ich bemerkte, daß sie seit den ersten Märztagen hellere Kleider trägt als im vergangenen Jahr; Kleider aus buntbedruckten Stoffen, die sie jugendlicher erscheinen lassen, als sie ist.

Ich habe sie überrascht, wie sie in der Küche neben Felix, dem das Rinderherz im Napf nicht schmecken wollte, auf allen vieren kroch, um ihm, wie einem Kind, das seinen Brei verschmäht, gut zuzureden. Als ich eintrat, tat sie so, als wische sie die Fliesen auf, wo es doch gar nichts aufzuwischen gab, blank wie die Fliesen immer sind. Schlimmer noch, was bald darauf sich ereignete. Vor drei Wochen sah ich, wie über ihrer Oberlippe einzelne, kräftige, weiße Haare zu sprossen begannen, und daß sie den Schnurrbarthaaren des Katers glichen. Sollte ich sie darauf aufmerksam machen? Ich wagte es nicht. Sah sie die Haare nicht selber, wenn sie in den Spiegel blickte? Wollte sie sie nicht sehen? Wie gut, daß wir unsere Freitagabendgänge aufgegeben hatten. Ich konnte mich mit ihr auch nicht mehr auf der Straße zeigen. Die Leute würden reden. Gerüchte konnten entstehen; unangenehme Gerüchte, die uns lächerlich machten. Ich war nun fast schon so weit, mir zu wünschen, der junge, freundliche Ingenieur, der übrigens nie mehr etwas von sich hat hören lassen, käme zurück und würde Felix wieder zu sich nehmen. Beim Hausverwalter erkundigte ich mich und erfuhr, der Ingenieur entrichte per Banküberweisung weiterhin pünktlich die Miete, obgleich die Wohnung nun schon seit fünf Monaten leerstehe.

Vor drei Tagen dann das Erlebnis, das mich zu diesem schriftlichen Bericht gedrängt hat. Am Montag ein Frühstück wie jeden Morgen, gegen neun Uhr. Ich sitze bereits am Tisch, noch im Pyjama und Morgenmantel, unrasiert, während meine Lebensgefährtin in der Küche den Kaffee und das Bircher Müsli zubereitet. Der Wasserkessel verströmt den vertrauten Pfeifton. Ich freue mich auf den Kaffee. Gleich ist es soweit. Meine Lebensgefährtin tritt ein. Sie setzt sich gegenüber. Bevor ich zur Tasse greife, wünsche ich ihr »Guten Morgen«. Sie antwortet; jedoch nicht in einem verständlichen, menschlichen »Guten Morgen«, sondern mit einem lauten, etwas nervenden, katzenartigen »Miau«. Verwundert sehe ich sie an. Selbst Felix, der wie gewohnt den dritten Stuhl einnimmt, spitzt die Ohren und scheint damit sein Befremden zu bekunden. Ich zögerte, ein weiteres Wort an sie zu richten, weil ich fürchtete, bestätigt zu bekommen, woran ich jetzt noch zweifeln konnte. Vielleicht habe ich mich getäuscht. Nicht sie, Felix hat geantwortet. Oder mein Gehör hat mich genarrt. Ich weiß, es hat Mängel. Meine Ohren hören die hohen Töne nicht mehr so gut wie früher. Wenn andere sprechen, und das, was sie sprechen, mich nicht allzusehr interessiert, will ich es auch nicht hören. Das alles wäre halb so schlimm. Es sind die natürlichen Mängel des Alters. Weder ein Arzt noch Medikamente können sie beheben.

Das Frühstück war halb verzehrt; mein Vorsatz, zu schweigen, halb vergessen, als ich gewohnheitsmäßig fragte: »Welches Datum haben wir heute?« Eine Frage aus der Zerstreuung heraus, die ich auch früher manchmal gestellt hatte. Tatsächlich interessierte mich das Datum nicht mehr so wie früher, als ich noch berufstätig gewesen war. Der Abreißkalender hängt in der Küche, neben der Tür, und es ist eine der ersten Tätigkeiten meiner Lebensgefährtin am Morgen, das Blatt von gestern abzureißen. An diesem Morgen tat sie verwundert, als habe sie nun berechtigte Zweifel an meiner Normalität. Besorgt sah sie mich an, setzte die Tasse ab, drückte die rechte Hand gegen den Hals, als quäle sie dort ein Würgen; oder als müsse sie, wie eine Sängerin vor dem Auftritt, den Ton, den sie gleich von sich geben wollte, vorher überprüfen. Sie sagte dann wohl das Datum und den Wochentag, doch für mich unverständlich in einer Folge von katzenhaften, miauenden Lauten, die, nein, nun war kein Zweifel mehr möglich, eindeutig aus ihrem Mund gekommen waren.

Seitdem habe ich die Gewißheit und weitere Bestätigungen: meine Lebensgefährtin hat von der menschlichen Sprache in die tierische Sprache der Katzen mutiert. Sie scheint darüber weder verstört noch unglücklich zu sein; im Gegenteil, sie nimmt es als selbstverständlich hin, und immer geläufiger kommen die miauenden Töne von ihren Lippen. Die Unterhaltungen mit Felix werden länger und inständiger. Mit ihm beredet sie Dinge, die sie vorher mit mir beredet hat, und Felix hört ihr zu oder antwortet, als sei es die selbstverständlichste Sache der Welt, daß eine Frau, der er so ausschließlich anhängt, in Tierlauten auf ihn einspricht. Mutter-Sohnes-Liebe kann nicht inniger sein. Die Symbiose ist vollkommen. Ihr Bart wächst. Auch ihre Bewegungen wollen mir nicht mehr so fraulich erscheinen wie früher. Ich darf sie nicht mehr auf die Straße lassen. Ich nehme ihr wieder die notwendigen Gänge ab und kaufe ein, was sie und Felix begehren.

Ich bin einsamer denn je. Ich habe niemand, mit dem ich darüber sprechen könnte. Ich fürchte, man würde mich für verrückt halten und dort einliefern, wo man verrückte alte Leute der Welt und den Mitmenschen fernhält. So rette ich mich in meinen Bericht. Er soll mir Luft schaffen. Mich rechtfertigen. Ich hoffe, irgendjemand wird ihn lesen, irgendwann, und mir sein Verständnis nicht versagen.

# Die Liebe zu den Pflanzen

Nach dem Ankleiden sind noch viele Tätigkeiten auszuführen, die mir schwerfallen.

Der Frühstückstisch ist abzuräumen.

Vor langer Zeit, in Amsterdam, habe ich einen alten Herrn besucht, der seinen Eßtisch nie mehr abräumte. Nicht nur die Medizinflaschen und Pillenschachteln ließ er stehen, auch den Teller, die Tasse und das Glas, die er Tag um Tag benutzte.

So nachlässig darf man nicht werden.

Die Sonne drückt ihr Licht gegen die Vorhänge und läßt nicht ahnen, wie kalt es draußen noch ist, jetzt Anfang Februar.

Die Pflanzen sind heute zu gießen.

Jeden Donnerstag um diese Zeit gebe ich ihnen Wasser. Leicht angewärmtes, entkalktes Wasser, wie sie es gern haben.

Die unteren Blätter der Yukka haben sich gelb verfärbt.

Habe ich ihr zu viel Wasser gegeben? Oder will sie, ein Kind Mexicos, im deutschen Winter lieber ausruhen als wachsen?

Die Palme habe ich am liebsten.

Mit ihrem geringelten Stamm und den Fächern aus Fiederblättern, lanzettenhaften, übertrumpft sie alle anderen Pflanzen.

Eine Archontophoenix.

Früher schon, als man Leute, die Zimmertannen und Zimmerlinden hielten, belächelte, wünschte ich, eine Palme zu besitzen.

Die Liebe zu den Pflanzen hat sich ausgebreitet.

Ein Phänomen, das seine tiefen Ursachen haben muß.

Nicht nur ältere Menschen, auch jüngere, ja, gerade sie, bezeugen diese Liebe.

Sie stellen ihre Untermieterzimmer voller Pflanzen, und sie sehen gleich wohnlicher aus.

Steffi hat von einem ihrer Neffen erzählt: etwa dreißig Pflanzen besitzt er – und sonst fast nichts.

Ein Pantomime, der keine festen Engagements hat, oft den Wohnsitz wechselt, und dann seine dreißig Pflanzentöpfe mitnimmt.

Aufmerksamer als sonst habe ich Steffis Erzählung zugehört.

Pflanzen verwandeln die Wohnungen – wohl auch die Menschen.

Man denkt nicht darüber nach, wie lang man sie besitzt, wie alt sie werden. Im Gegensatz zu den Tieren, von denen man sich nach der kurzen Lebenszeit, die ihnen bestimmt ist, trennen muß.

Die Geschäftsleute nutzen den Boom dieser Pflanzenliebe. In der Innenstadt, wo ich wohne, sehe ich, wie immer neue Pflanzen- und Blumengeschäfte sich auftun.

Die Kaufhäuser, die Supermärkte sogar, haben Sonderabteilungen für Pflanzen eingerichtet. Neben dem Eingang, wo alle Kunden vorüberkommen und aufgefordert werden sollen, eine Pflanze mitzunehmen.

Die Palme füllt einen Platz aus, der sonst leer wäre.

Es ist, als sei jemand anwesend.

Sie ist abhängig von mir, doch sie beansprucht mich nicht.

Ich verreise auch nicht mehr so oft wie früher.

Jedesmal bin ich froh, die eigene Tür wieder aufschließen zu können.

In den Cafés sieht man mehr Pflanzen als noch vor einem Jahrzehnt.

Wenn ich zur Post gehe, um Briefe aufzugeben, mache ich manchmal einen Umweg über den Stresemannplatz zur Lindenstraße, wo an der Ecke im vergangenen Jahr ein neues Café eröffnet hat.

Café »Flore« nennt es sich, wie das berühmte Café auf dem Boulevard Saint-Germain in Paris.

Ich verlangsame den Schritt, um beim Vorübergehen hineinsehen zu können durch die Fenster.

Ich sehe einen Wald von Pflanzen: auf den Fensterbrettern beginnt er; auf der Theke, neben der Espressomaschine, endet er.

Pflanzen verschiedener Arten, in Holz- oder Terrakottakübeln. Palmen auf Podesten, die ihre grünen Schirme über die runden Marmortische spannen.

Junge Leute, Studenten wohl, bevorzugen das Café »Flore«.

Ich sehe sie drin sitzen, einzeln oder in Paaren.

Einer liest ein Buch. Einer schreibt einen Brief.

Es scheint, als säßen sie müßig dort, viele Stunden, ohne von den Existenznöten beschwert zu sein, über die man hört und liest.

Ich habe nicht den Mut, einzutreten, auch nicht am Vormittag, wenn der Raum noch leer ist.

Wer allein im Café sitzt, erst recht im Restaurant, erweckt Mitleid. Die Kellner sind übertrieben freundlich, doch häufiger mürrisch und zerstreut. Und wie lang lassen sie einen oft warten, bis man die Bestellung aufgeben kann.

Keine Larmoyanz!

Gehen soll der Gesundheit förderlich sein.

Ich gehe.

Ich gehe weiter, die Ringstraße hinauf.

Wie häßlich liegt sie da. In der Mitte ist die Fahrbahn aufgerissen. Vor den Fassaden stehen Gerüste und diese unangenehmen Laufgänge mit glitschigen Bohlen.

Schöner wäre es, in einem Park oder einer der Grünanlagen auf und ab zu gehen, doch sie liegen vor der Stadt, hinter den Endstationen der Straßenbahnen.

Barrikaden versperren die Übergänge. Preßlufthämmer und Mischmaschinen dröhnen.

Ich trete ins »Ring-Café« ein, obwohl ich es eigentlich nicht mag.

Auch im »Ring-Café« stehen Pflanzen: Araliengewächse, bedauernswerte, mit steifen, ledrigen, verstaubten Blättern.

In Messingübertöpfen, symmetrisch aufgereiht, stehen sie auf den Fensterbänken zur Straßenseite.

Leute, die in diese Umgebung passen, sitzen an den Tischen. Geschäftsleute, die eine Pause machen. Ehefrauen, die, vom Einkauf erschöpft, eine halbe Stunde sich ausruhen.

Witwen sitzen da, Pelzkappen oder Filzhütchen über dem dünnen, ergrauten Haar, und erhoffen sich wahrscheinlich eine Bekanntschaft.

Die Tageszeitung, in einen Bügel geklemmt, hängt an einem Kleiderständer. Auf einem Schränkchen, neben der Toilettentür, ein Stapel Illustrierter.

Ich will sie nicht lesen. Zu viele Hände schon haben sie durchgeblättert.

Am Blumen-und-Pflanzenladen, wo ich im Oktober vorigen Jahres die Palme gekauft habe, komme ich zwei-, dreimal im Monat vorbei.

Zwei junge Männer, ungefähr gleich alt, Mitte Zwanzig, sind die Inhaber.

Wenn sie mich durch die Scheiben sehen, grüßen sie freundlich heraus.

Sie scheinen tüchtig zu sein. Haben Kundschaft.

Die Kunden vor mir lassen sich üppige Buketts zusammenstellen und in Zellophanfolien einschlagen.

Damals, als ich die Palme kaufte, haben die Inhaber mich aufgefordert, Platz zu nehmen an ihrem Arbeitstisch und eine Tasse Kaffee zu trinken.

Während sie Blumengestecke für eine Hochzeitstafel zusammenbanden, versuchten sie eine harmlose Unterhaltung mit mir, über das Wetter, über die Stadt.

Sie, die Inhaber, sind einverstanden mit dem Leben. Ihre Gesichter und Unterarme sind braungebrannt.

Wahrscheinlich verbringen sie ihr Wochenende vor der Stadt, in einem Landhaus, mit Garten und Swimmingpool. Vielleicht treiben sie Sport, Tennis oder Schwimmen.

Es ist schön, eine braun-getönte Haut zu haben. Weiße Gesichter sind abstoßend.

Der eine der Inhaber, der freundlichere, etwas kleinere, heißt Simon.

Er hat mir die Palme im Oktober vorigen Jahres im Auto gebracht und ist ein paar Minuten geblieben.

Viele in seinem Alter haben wieder diese biblischen, feierlichen Namen: Johannes, Thomas, Andreas, Matthias, Jakob sogar.

Die Apostelgeneration, könnte man sagen.

Simon hat mir gesagt, wie ich die Palme behandeln soll: Im Sommer wünsche sie mehr Wasser als im Winter.

Im Sommer dürfe ich sie auf den Balkon stellen, doch besser in den Schatten als ins Licht.

Ostaustralien sei die Heimat der Archontophoenix, sagte Simon.

Er trägt, wenn ich ihn sehe, immer dieselbe Kleidung: blaue Hosen und einen Baumwollpullover – Sweat-Shirt sagt man jetzt – in maisgelber Farbe. Auf der Vorderseite, in dunklerem Gelb, sind vier Buchstaben aufgenäht: NIKE.

Viele junge Leute, denen man auf der Straße begegnet, tragen mit Vorliebe solche Sweat-Shirts mit der Aufschrift: NIKE.

Oft auch andere Aufschriften oder Wörter, die ich weniger mag, auch weil sie für eine Sport- oder Modefirma werben wollen.

Ob die jungen Leute überhaupt wissen, welche Wörter sie herumtragen, und was sie bedeuten? NIKE zum Beispiel? Es würde Simon in Verlegenheit bringen, wenn ich ihn danach fragte.

Ich könnte ihm von NIKE erzählen, der Göttin des Sieges, und wie die Griechen sie verehrten; wie ihre Dichter sie besangen und ihre Bildhauer sie meißelten.

Die den Athleten beistand, ihre Siege zu erringen.

Alles, was ich noch weiß, aus den Jahren des Gymnasiums.

Und die NIKE von Samothrake!

Eines der Hauptwerke im Louvre. Oben, am

Ende der Eingangstreppe steht sie und spreizt den einen Flügel, während der andere zerbrochen ist.

»Und sprechen Sie mit der Palme. Sie hat es gern«, sagte Simon damals. Er stand schon vor der Tür, ungeduldig, zu seinem Auto zu kommen.

Ich wagte nicht, ihm ein Trinkgeld zu geben. Er ist der Mitinhaber.

Ich befolge seinen Rat.

Ich spreche mit der Palme, jeden Donnerstag, wenn ich ihr Wasser gebe.

Ich sag's nicht weiter, was und wie ich zu ihr spreche.

Falada, da du hangest!

Solche Märchen-Sätze behält man fürs ganze Leben.

Vier Mal gehe ich hin und her zwischen der Küche und dem Zimmer.

Gierig schluckt die Erde die Wasserlachen rings um die Stämme.

Zuletzt die Palme.

# Inhalt

Abendrot, Morgenrot
7

Bruderherz
18

Stimmen wie Engel
37

Arme Hertha
58

Schritte in der Nacht
80

Im Hochland von Abessinien
102

So weit ist es gekommen
119

Die Liebe zu den Pflanzen
133